http://www.bbulmedia.com

BBULMEDIA

태극혜검

太極

慧劍

목차

一章

현실을 깨닫다

조천궁 내 장문인의 집무실.

그곳에서는 지금 어마어마한 고성이 들려오고 있었다.

우연히 집무실 주변을 지나가다 그 고성을 듣게 된 현궁은 옆에서 같이 걷던 현필을 돌아보며 물었다.

"사형, 무언가 이상하지 않습니까?"

"무엇이 말이냐?"

영문을 모르겠다는 표정을 짓는 현필의 모습에 현궁이 집무실을 슬쩍 턱짓으로 가리키며 말했다.

"저 소리 말입니다."

"하긴 귀가 좀 아프군."

현궁은 현필이 평소에도 눈치가 없기로 유명한 걸 알고

있었지만, 그래도 이번에는 그 정도가 너무 심하다고 생각했다.

"……저기는 장문인의 집무실이 아닙니까? 그런데 거기서 장문인이 아닌 다른 사람의 고성이 들린다는 게 이상하지 않습니까?"

"……?"

현필은 끝까지 모르겠다는 얼굴이다.

현궁은 더는 참지 못하고 자신의 가슴을 세차게 두드리며 말했다.

"어이쿠, 사형! 고성이 오가는 것이라면 장문인과 누군가가 다투는 것이라고 볼 수 있겠지만, 내내 한 사람의 고성만 들려오고 있지 않습니까? 그럼 장문인께서 저 고성을 잠자코 듣고만 계시다는 의미고요!"

"아하!"

그제야 현필은 현궁이 무엇을 이야기하려는 건지 이해했다는 표정이었다.

하지만 여전히 별로 놀라는 기색은 아니었다.

그리고 그가 짧게 내뱉은 말에 현궁도 그제야 현필의 행동을 이해할 수 있었다.

"저거 진 노인이다."

"아, 저 목소리의 주인이 바로 그 유명한……."

이내 두 사람은 아무 소리도 듣지 않았다는 듯, 무심한 얼굴로 원래 향하던 목적지로 사라졌다.

　묵유자의 얼굴이 붉게 달아올랐다.

　밖에서 현궁과 현필이 대화하는 것을 다 듣고 있었기 때문이다.

　'허어, 대체 언제부터 내가 이리 당하는 걸 모두가 당연하게 받아들이기 시작했단 말인가?'

　진 노인이 더는 하찮은 잡일꾼이 아니라고는 하지만, 묵유자는 장문인이다. 그런데 모두가 이런 진 노인의 행동을 대수롭지 않게 생각하고 있는 것이다.

　물론 이는 전적으로 묵유자의 탓이었다.

　그가 조금이라도 싫은 기색을 보였다면, 이를 본 무당의 제자들은 당연히 진 노인의 행동을 막고 나섰을 것이다. 그런데 장문인이자 당사자인 묵유자가 묵묵히 당하고 있으니, 아무도 먼저 나서지 않고 그저 못 본 척, 못 들은 척하며 무시하는 것이다.

　그때 묵유자가 딴생각을 하고 있다는 걸 눈치챘음인가? 진 노인이 더욱 큰 목소리로 외쳤다.

　"지금 내 말 듣고 있는 게냐?"

　그래 봤자 자신을 욕하는 말뿐인데 들어서 무엇하겠느냐고 따지고 싶었으나, 묵유자는 그저 속으로만 끙끙 앓으며 답했다.

"듣고 있습니다."

"그래, 어찌할 것이냐? 네 녀석이 허락하는 바람에 송하가 지 아비를 찾겠다고 벌써 짐을 챙기고 있단 말이다!"

"아니, 제가 언제 허락을 했다는 겁니까? 당시 천중, 그 친구가 함께 있어 대놓고 반대할 수 없어서 진 노인의 허락을 받아 오라 했을 뿐입니다!"

"그 말이 그 말이지!"

그 말이 결코 그 말은 아니었다. 그런데도 저렇게 억지를 부리다니…….

묵유자는 설마 하는 심정으로 물었다.

"……진 노인께서도 허락을 하셨단 말씀입니까?"

"아, 아니, 그럼 애가 눈물을 글썽거리며 아버지를 찾으러 가야겠다고 하는데, 거기서 어떻게 반대를 하겠느냐?"

"허! 아니, 그래 놓고 지금 저한테 와서 화를 내시는 겁니까?"

묵유자가 기도 안 찬다는 듯이 진 노인을 바라보며 외치자, 진 노인은 집무실에 들어선 이후 처음으로 움찔한 기색을 보이며 답했다.

"그, 그럼 어떡하느냐? 그래도 네가 장문인인데 너 말고 그 아이를 막을 사람이 또 누가 있어?"

"그럼 부탁하려고 절 찾으신 거군요. 그래 놓고 저한테 이토록 욕을 퍼부으시는 겁니까?"

"그, 그것이……."

하긴 평생 남한테 부탁 한 번 안 해 보고 산 진 노인이 아니던가. 그가 남에게 부탁하는 방법을 알 리 없었다. 집무실에 들어서자마자 묵유자를 향해 욕부터 튀어나왔던 것이리라.

묵유자는 설마 그럴 거라 생각하지 못했기에 여전히 기도 안 찬다는 표정으로 말했다.

"허! 거, 이제는 저를 욕하는 게 아예 입에 붙으신 모양입니다."

"끄응……."

어쨌든 진 노인의 화가 수그러들자, 묵유자는 평온한 신색을 되찾으며 입을 열었다.

"아무튼 조금만 기다리세요. 송암, 그 아이가 생각이 있다고 했으니 말입니다."

그 말에 진 노인이 의혹 어린 시선으로 물었다.

"송암이? 허, 아직 관건의 예를 치른 것도 아닌데, 벌써 대사형 행세를 하겠다는 거냐?"

"이미 기정사실로 되었으니, 그리하는 게 자연스럽지요."

기실 묵유자가 전날 송암, 송방, 진송하 셋을 부른 이유가 바로 여기에 있었다.

송 자 항렬뿐만 아니라 그들의 사부들 사이에서도 누가

대사형이 될 것인지를 놓고 갑론을박하는 상황이 벌어지자, 미리 분란을 방지하는 차원에서 송암을 내정시켜 놓은 것이다.

진 노인이 갑자기 생각이 났다는 듯 재차 물었다.

"그래, 그런데 대체 다른 녀석들을 놔두고 그 아이를 대사형으로 삼으려는 이유가 무엇이냐? 물론 나도 아이들을 가르치면서 그 아이를 지켜본 바, 다른 이들을 통솔하는 능력이 상당하다는 건 느끼겠더구나. 하지만 우리 송하를 바라보는 눈빛이 별로 좋지 못했다. 혹여 그 아이가 대사형이 됨으로써 송하가 불이익을 당할 수도 있지 않느냐?"

묵유자는 진 노인의 말이 앞뒤가 바뀌어 있다고 생각했다. 진송하가 불이익을 당하더라도 대사형으로서 가장 적합한 인재라 생각되는 송암에게 그 자리를 주는 것이야말로 장문인으로서 당연한 결정이 아니던가?

그런데 진 노인은 지금 진송하가 불이익을 당할지도 모르니, 대사형이 될 자질을 지닌 송암을 그 자리에 앉히려는 결정이 못마땅하다고 말하는 것이다.

그렇다 해도 진 노인의 마음을 모르는 건 아니었기에 묵유자는 부드러운 어투로 말했다.

"그리 걱정하지 않으셔도 될 겁니다. 제가 아는 송암은 그런 아이가 아니니까요. 좀 냉정하고 실리를 추구하는 구석은 있지만, 그렇다고 성품이 나쁜 아이는 아닙니다."

"으음. 그래? 그럼 일단 그 녀석이 어떤 방법으로 송하의 마음을 돌려세울지 지켜봐야겠구나."

하지만 진 노인은 지켜볼 수 없었다.

두 사람이 그렇게 이야기를 나누는 동안, 이미 송암이 진송하에게 가고 있었기 때문이다.

☯

진송하는 짐을 챙기고 나서, 몽계에서 태극권을 수련 중이었다. 평소에도 이 시간만 되면 늘 하던 일이었기에 버릇처럼 몽계에 들어간 것이다.

휘이잉.

묵경자에 의해 완벽해진 태극권의 초식이었기에, 태극권을 펼치는 내내 부드러운 바람이 진송하의 주변을 맴돌았다.

바람이 몸을 휘감는 느낌이 이루 말로 표현하기 어려울 정도로 좋았기에 진송하는 언제나 지금처럼 몽계에서 수련하는 것을 즐겼다.

하지만 시작한 지 얼마 되지도 않았는데 동작을 멈춰야했다. 도저히 집중할 수 있는 정신 상태가 아니었기 때문이다.

"대체 아버지는 어디서 뭘 하고 계신 걸까……."

현은을 향한 걱정이라는 생소한 감정이 진송하의 가슴속을 가득 채우고 있었다.

그에게 있어 현은은 자신이 걱정을 해야 하는 존재가 아닌, 항상 자신이 걱정을 끼치는 존재였다.

허약해서, 병약해서, 또래 아이들에게 멸시와 괴롭힘을 당해서.

진송하는 현은에게 끼친 걱정거리를 떠올릴 때마다 고마움과 죄스러움으로 언제나 가슴이 아련해져 옴을 느껴야 했다.

그런데 이제는 상황이 뒤바뀌어 진송하가 현은을 걱정하고 있으니, 도무지 안정을 취할 수 없었던 것이다.

"에휴! 꼭 허락해 주셔야 하는데……."

억지로 진 노인의 허락을 얻어 내긴 했으나, 또 하나의 난관이 존재했다. 바로 묵경자였다.

그에게는 태극검을 복원하겠다는 사문의 염원이 담긴 임무가 있었고, 거기에 진송하는 절대 빠질 수 없는 존재였기 때문이다.

아직 어려서 공과 사에 대한 구분을 명확히 할 줄 모르는 진송하였으나, 쉽게 허락하지 않을 것이라는 것 정도는 직감적으로 느낄 수 있었다.

진송하는 착잡한 얼굴로 주변을 둘러봤다.

연녹색의 풀과 오색찬란한 꽃이 끝없이 펼쳐진 초원.

어느새 몽계가 거의 제 모습을 찾은 것이다.

하지만 원만한 곡선으로 이어진 경계는 자세히 보지 않으면 알아차리지 못할 정도로 연하긴 했으나 여전히 남아 있었다.

이는 결국 진송하의 내력이 완전히 조화로워지지 못했다는 의미였다.

처음에는 며칠이면 될 줄 알았는데, 이런 상태가 된 이후 전혀 변화를 보이지 않고 있으니, 진송하는 답답한 마음을 금치 못했다.

'가기 전에 해결할 수 있었으면 했는데⋯⋯.'

가슴과 머리가 모두 복잡하니 수련이 될 리 없었다.

진송하는 결국 수련을 포기하고 한숨을 내쉬며 현실로 돌아왔다.

"으헉!"

눈을 뜨자마자 진송하는 기겁했다. 생각지도 못한 사람이 눈앞에 있었기 때문이다.

"소, 송암! 대체 여기는 무슨 일로?"

"⋯⋯."

바로 앞에서 송암이 말없이 진송하를 바라보고 있었던 것이다.

송암은 그저 특유의 차가운 눈으로 한동안 가부좌를 틀

고 앉아 있는 진송하를 내려다보다가 입을 열었다.

"따라와라."

송암은 조금도 지체 없이 뒤돌아 진선각을 나섰다.

하지만 진송하의 발걸음은 쉬이 떨어질 줄 몰랐다.

무당 내에서 가장 친해진 송방과는 다르게, 송암에게는 아직도 커다란 마음의 벽을 느끼고 있었기 때문이다.

'어, 어쩌지?'

주변을 둘러봤지만 도와줄 만한 사람이 보일 리 만무했다. 진 노인은 묵유자를 만나러 조천궁으로 가 있었고, 묵경자는 명진암에 있었으니 말이다.

"뭐하냐? 어서 따라오지 않고."

"어? 으, 응."

결국 진송하는 송암의 뒤를 따라 걷기 시작했다.

몇 걸음 떨어진 거리를 유지하며 송암의 뒤를 쫓던 진송하는 한참이 지나서야 송암이 왜 자신을 따라오라고 한 건지 묻지 않았다는 사실을 깨달았다.

"저, 저기⋯⋯."

"일단 따라와라."

"⋯⋯."

일단 따라오라니⋯⋯. 결국 이유를 묻지 말라는 말이다.

진송하는 어쩔 수 없이 잔뜩 겁먹은 얼굴로 계속 걸음을 놀릴 수밖에 없었다.

하지만, 그것도 잠시.

"자, 잠깐!"

진송하가 급하게 외치며 걸음을 멈췄다.

결국 송암도 어쩔 수 없었는지 걸음을 멈추고는 몸을 돌려 말없이 진송하를 바라봤다.

이에 진송하가 잔뜩 겁먹은 기색으로 그의 허리춤을 가리키며 물었다.

"그, 그건 왜 차고 있는 거야?"

송암의 허리춤에 검이 메어져 있었던 것이다. 그것도 목검이 아닌 진검이었다.

진송하는 지금까지 송 자 항렬의 제자가 진검을 차고 있는 모습을 본 적이 없었다. 그런데 하필 송암이 자신을 어딘가로 데리고 가면서 진검을 차고 있는 것이다.

지금까지는 무서워서 따라갔던 것이라면, 이제는 같은 이유로 송암을 따라가고 싶지 않았다.

송암의 입이 열렸다.

"대련을 신청한다."

"지, 진검으로?"

송암의 고개가 위아래로 끄덕여진 건 두말할 나위 없었다.

진송하는 속으로 비명을 질렀다.

'서, 설마 저번에 소영의 앞에서 한 말을 들은 건가? 그

래, 분명 들은 거야!'

주춤.

진송하는 자신도 모르게 뒷걸음질 쳤다.

그런데 송암은 그런 모습을 보지 못했다는 듯 아무렇지도 않은 기색으로 다시금 앞을 바라보며 걷기 시작했다. 마치 진송하가 자신을 뒤따라올 거라고 철석같이 믿고 있는 것 같았다.

그러자 진송하는 오히려 오기가 생겼다.

'그래, 설마 무당파 내에서 진검으로 날 베려고 하겠어? 오히려 내 실력을 가늠할 기회일지도 몰라!'

송방과의 잦은 대련에서 항상 이겨 왔기에 어느새 자신의 태극권에 자신감이 붙은 진송하였다. 더구나 익숙한 목검이 아닌 익숙하지 않은 진검을 가져온 송암에게 한계가 있을 거라 생각한 것이다.

결국 진송하는 다부진 얼굴로 송암의 뒤를 따르기 시작했다.

얼마 걷지 않아 목적지에 도착한 두 사람이었다.

"이곳은……."

"처음인가? 우리 송 자 항렬의 제자들이 쓰는 전용 연무장이다."

진송하가 호기심이 가득한 얼굴로 주변을 둘러봤다.

지름이 무려 삼십여 장에 달하는 거대한 연무장이었다.

무당파가 산 정상 부근에 자리 잡고 있다는 걸 고려한다면, 이렇게 넓은 평지를 만드는 데만 해도 상당한 시간과 노력이 들었으리라.

'언제나 느끼는 거지만 무당파의 건물이나 시설은 지나치게 크다니까.'

문하생들을 포함한다고 해도, 이제 겨우 서른 명이 넘는 아이들이 수련하기에는 너무도 큰 규모였던 것이다.

진송하가 연무장에 발을 디딘 것은 이번이 처음이었다.

진 노인의 도경 수업 때, 송방의 소개를 통해 꽤 많은 아이들과 인사를 나눌 수 있었지만, 수련은 언제나 진선각의 뒷마당이나 몽계에서 해 왔기 때문이다.

그런 생각을 하며 진송하가 둘러보고 있는데, 귓가에 이질적인 마찰음이 들려왔다.

스르릉.

"아!"

놀라서 소리가 들려온 곳을 바라보니, 송암이 검을 뽑아 들고는 진송하를 직시하고 있었다.

"내가 배운 것은 삼절황검이다. 총 세 초식으로 이루어져 있지만, 그중에서 내가 펼칠 수 있는 건 앞의 두 초식뿐이다."

대련을 앞두고 자신이 사용할 무공을 말하는 것이다.

진검을 손에 들고 평소와 다름없는 차가운 시선으로 그리 말하니, 진송하는 오금이 저려 왔다.

하지만 이내 자신을 다독이며 송암의 뒤를 따라 입을 열었다.

"나, 난 태극권을 배웠어. 총 이십사 식으로 이루어져 있고."

그와 동시에 두 사람 모두 서로를 바라본 채 기수식을 취했다.

사 장 정도의 거리를 두고 진송하는 반 기마 자세를, 송암은 검을 앞으로 내밀고 검끝으로 바닥을 가리키며 자연스럽게 정면을 바라보는 자세였다.

긴장감이 감돌았다.

다만 긴장은 진송하만 하고 있을 뿐, 송암은 처음부터 끝까지 표정이 한결같았다.

"시작하기 전에 한마디만 더 하마."

난데없는 송암의 말에 진송하가 의문스러운 얼굴을 하자, 송암의 말이 이어졌다.

"두 초식이다. 단 두 초식이면 너는 패배를 인정할 것이다."

"……!"

진송하는 처음엔 경악스러워했다가 이내 화가 나서 얼굴을 붉게 물들인 채 소리쳤다.

"그렇게 쉽지는 않을 거야!"

그렇게 외치는 것과 동시에 진송하가 먼저 움직였다.

무릎을 굽히고 그대로 앞으로 뛰어나간 것이다.

그런데 그 동작이 꽤나 기괴했다.

폴짝폴짝.

두 발을 동시에 바닥에서 떼고 위로 뛰어올랐다가 착지하고서 재차 같은 동작을 반복하며 앞으로 나아가는 것이다.

이는 묵경자에게서 태극권과 함께 배운 보법으로, 기실 무당의 무공이 아니었다.

태극권과 어울릴 만한 무당의 보법이 없다고 판단한 묵경자는 과거 황궁무고에서 발견한 보법을 진송하에게 가르쳤다.

보법의 이름은 기학비천보(騎鶴飛天步).

학을 타고 하늘로 날아오르는 보법이라는 운치 있고 멋들어진 이름을 지닌 보법이었다.

하지만 막상 이를 펼치자, 명칭과 다르게 학을 타고 난다기보다는 개구리가 폴짝폴짝 뛰는 것처럼 보였다.

폴짝폴짝.

'아, 왠지 창피해!'

무공을 쓰는 진송하 본인도 창피하다는 생각에 화가 나 붉어진 얼굴을 더욱 심하게 붉혔다.

그렇다고 안 쓸 수도 없었다.

무당의 보법이 아니면서도 정말이지 기가 막히게 태극권과 잘 어울리는 보법이었기 때문이다. 진검을 상대하는 상황에서 보기 안 좋다는 이유로 전력을 기울이지 않을 수는 없었던 것이다.

더구나 기학비천보가 십 성에 이르면 바람에 몸을 싣고 하늘을 날아오를 수 있다고 했다.

이 보법을 창안한 자가 과장한 것일 수도 있었고, 묵경자가 볼품없다고 안 배우려는 진송하에게 배우게 하려고 허풍을 떤 게 아닐까 의심이 가기는 했지만 말이다.

송암으로서도 처음 보는 무공이었기에 그의 눈에 이채가 어렸다.

개구리처럼 위아래로 오르내리며 다가오는 진송하의 모습이 우스꽝스럽기는 했으나, 뛰어오를 때와 바닥에 착지할 때의 속도에 규칙성이 전혀 없어서 공격을 가할 적당한 시기를 잡기 어려웠던 것이다.

'천근추를 활용한 보법인가?'

폴짝폴짝.

어느새 일 장 앞까지 다가온 진송하였기에 송암은 더는 망설이지 않았다.

'그래 봤자 눈속임이다.'

송암이 손목을 비틀어 검을 누인 후, 천천히 팔을 굽혀 등 뒤로 검을 숨겼다.

명백히 베겠다는 의사가 담긴 동작이었고, 검법보다는 도법에서 흔히 볼 수 있는 자세였다.

진송하라고 그것을 눈치채지 못할 리 없을 터.

'지, 진짜 베려는 건가?'

진검으로 베일 수도 있다는 생각이 들자 진송하가 송암의 삼 보 앞에 그대로 멈추더니 제자리에서 폴짝폴짝 뛰기만 했다.

'그, 그러고 보니 진검을 상대하는데, 주먹만으로 어떻게 막지?'

폴짝폴짝.

지금껏 진검을 상대해 본 적이 없었기에 이런 상황을 생각해 본 적도 없었다.

그제야 진송하는 송암이 두 초식 만에 자신이 패배를 인정할 것이라고 말한 이유가 무엇인지 나름대로 결론을 내렸다.

'진검을 상대로라면 태극권은 무용지물이라는 거구나!'

물론 그럴 리 없다. 그렇지 않다면 권사가 검사를 이길 방법이 전무하다는 의미였으니 말이다.

하지만 아무리 검을 쥔 자가 유리하다고 해도 검을 쥔 하수에게 권을 쓰는 고수가 질 리는 없었다.

또한 서로가 수준이 비슷하다고 해도, 권각을 쓰는 자라면 누구나 병장기에 대항할 수 있는 수 정도는 마련해 놓는 법이었다.

하지만 진송하의 경우는 그런 방법을 전혀 모르고 있다는 점이 문제였다.

폴짝폴짝.

결국 다시 뒤로 물러나는 진송하였다.

하지만 대련은 홀로 하는 것이 아니다. 즉, 그 행동을 송암이 그냥 놔둘 리가 없다는 말이다.

"제일검, 검영난세(劍影亂世)."

송암의 목소리가 넓은 연무장에 나직이 울려 퍼졌다.

아니, 목소리뿐만이 아니었다. 수많은 검영이 진송하 앞에 펼쳐진 것이다.

파파파파파파!

검영이 사방을 에워싸니, 진송하의 입장에서는 세상이 모두 검영으로 뒤덮이는 것 같다는 착각이 일었다.

무당 무공의 특징이랄 수 있는 현묘함이나, 내력을 바탕으로 한 중후함은 찾아볼 수 없었다.

검영난세는 그저 빠를 뿐이었다.

도가 아닌 검으로 펼친 무공이 맞는지 의심이 일 정도로 잔인하리만치 빠른 쾌검(快劍).

그리고 그런 쾌검으로 만들어 낸 변화무쌍한 검영.

삼절황검이 지닌 세 가지 절기 중 첫 번째는 바로 쾌(快)와

변(變)이었던 것이다.

"……."

진송하의 도복은 어느새 옷으로써 제 구실을 하지 못할 정도로 대부분이 베어져 있었다.

하지만 그럼에도 피가 흐르지는 않았는데, 이것은 송암이 이미 초식을 자신의 것으로 만들었다는 의미였다.

한 번만 베었어도 목숨을 잃을 수 있었다.

그런데 진송하의 옷에 베인 자국은 대충 봐도 스무 개는 넘었다.

얼빠진 얼굴로 정면을 바라보는 진송하에게 송암의 냉정한 음성이 들려왔다.

"그 정도 실력이라면, 무기를 쥔 자가 무공을 익히지 않은 산적이라 해도 넌 이기지 못한다. 그리고 강호에 나가 적에게 진다는 건 곧 죽음을 의미하지."

진송하는 할 말이 없었다. 반박할 수 없을 정도로 당연한 말이었고, 당연한 패배였다.

"겨우 그 정도 실력을 가지고 산에서 내려가겠다고? 간이 배 밖으로 나왔구나. 이참에 네 실력이 얼마나 어설픈지 똑바로 보여 주지."

그리 말한 송암은 곧바로 검집에 검을 집어넣더니 허리에서 풀어 조심스레 바닥에 내려놓았다. 그리고는 그때까지도 얼이 빠진 채 초점 잃은 눈을 하고 있는 진송하에게 나직이 말했다.

"다시 덤벼라. 검을 들지 않은 날 한 발짝이라도 뒤로 물러나게 한다면, 네가 하산하는 것을 허락하겠다."

"……."

대체 송암이 무엇이라고 진송하의 하산을 허락하느냐 마느냐 하는 것인가.

하지만 지금 진송하에게 그런 건 중요한 게 아니었다.

찰나간의 침묵이 흐르고, 진송하가 어느새 정신을 차리고는 분한 얼굴로 입을 열었다.

"……그렇게 내가 우스워 보여?"

표정 못지않게 음성에서도 분하다는 기색이 물씬 풍겼다.

하지만 송암은 평소보다도 오히려 오만한 기색을 띠며 답했다.

"그래, 우습다. 날 이길 수 있다고? 그때 그 말을 듣고는 너무나 우습고 어이가 없어 발걸음이 멈춰질 정도였다."

역시 송암은 이틀 전 진송하와 소소영이 나눴던 대화를 듣고 있었던 것이다.

진송하가 송암의 눈을 노려보며 말했다.

"……좋아. 다시 한 번 도전하지."

지난 삼 년간 송암이 묵포자 밑에서 검법을 수련했다는 걸 진송하도 알고 있었다.

그런 송암이 검을 놓고 덤비라고 했다. 더구나 단 한 발짝이라도 물러나는 것만으로 패배를 인정하겠다고 했다.

진송하의 눈에 어느새 강렬한 빛이 어렸다. 오기를 넘어 독기가 흐르기 시작한 것이다.

송암이 아무리 기재라고 해도 진송하 역시 놀지는 않았다. 오히려 누구보다 열심히 수련해 왔다고 자신하고 있었다.

더구나 이런저런 우연이 겹쳐 누구보다 효율적으로 무공을 익혀 왔다고 생각했는데, 그럼에도 송암과 이렇게 큰 격차를 보이다니…….

진송하는 도저히 현재의 상황을 인정할 수 없었다.

대련 경험이 적은 것도 아니었다. 지난 삼 년 동안 송방과 무수히 많은 대련을 하면서도 단 한 번도 패배하지 않은 자신이 아닌가?

'아까는 분명히 실수였어!'

물론 실수였다고 패배를 인정하지 않는 것은 아니었다.

하지만 송암이 진검을 들고 있지 않았고, 자신이 지금과 같이 독기를 가득 품고 덤빈다면 결과가 달라질 것이다.

그렇게 생각했다.

이번에는 송암이 먼저 움직였다.

그의 신형이 미끄러지듯 앞으로 이어졌다.

스스스.

워낙 심오하여 현 자 항렬 중에서도 익힌 이가 드물다는 유운신법이었다.

보법을 몰라서가 아니라, 보법은 그 특성상 뒤로 물러나지 않고 펼치는 것이 힘들었으니, 본인이 정한 규칙을 어기지 않고자 신법을 펼친 것이 분명했다.

단숨에 자신의 코앞으로 다가온 송암의 신형을 바라보며 진송하는 마음을 굳게 다잡았다.

'한 발만 뒤로 물러나게 하는 정도가 아니라, 아예 바닥에 눕혀 줄 테다!'

쿠아앙!

갑자기 진송하의 몸에서 강맹한 기운이 뿜어져 나오기 시작했다. 송방과의 대련 때는 위험하다는 생각에 감춰 왔던, 영약을 통해 얻은 어마어마한 내력을 전력으로 끌어올린 것이다.

진송하에게는 이 내력이야말로 검이나 마찬가지였다. 오죽하면 묵유자가 내력만으로는 이미 현은을 넘어섰다고 표현했겠는가?

비록 송암이 검을 다루는 것처럼 자유롭게 제어할 수는 없었지만, 방금 당한 어이없는 패배가 진송하를 자극함으로써 무리하게끔 만든 것이다.

'으윽! 역시 전력을 다한 상태에서의 태극권은 무리인가?'

온몸을 휘감고 도는 내력이 너무나 강해서 손발이 마음

대로 움직여지지 않았다.

하지만 세세한 움직임이 불가능할 뿐이었기에 진송하는 대수롭지 않게 생각하며 송암의 상체를 향해 주먹을 내질렀다.

펑!

대기가 울어 댈 정도로 강한 내력이 실린 주먹이 날아오는 걸 모르는 것일까?

송암은 놀란 기색도 없이 피하지 않고 손을 마주 내뻗었다.

'무, 무슨!'

오히려 당황한 것은 진송하였다. 이대로라면 송암의 주먹이 부서질 수도 있는 상황이었다.

쉬익!

그런데 마주 뻗어 오던 송암의 주먹이 갑자기 펴지면서 마치 뱀처럼 회전하더니, 이내 진송하의 팔목을 잡아 밖으로 밀어 버렸다.

팡!

그리고는 몸을 숙여 등을 보이더니 반대팔 팔꿈치로 진송하의 명치를 가격했다.

퍼억!

"커헉!"

그리고 연이어 다시 제자리로 돌아온 몸을 공중으로 떠

올리면서 무릎으로 진송하의 턱까지 가격했다.

빠악!

"크윽!"

털썩.

결국 진송하는 대자로 뻗어 하늘을 바라봐야 했다.

송암이 그런 진송하를 무심한 눈으로 내려다보며 말했다.

"초식만 연마한다고 강해지는 것이 아니다. 내력만 높다고 이길 수 있는 것도 아니다. 무림인이든 시정잡배든 결국 강하다는 건 싸움을 잘한다는 것이다. 아무리 고강한 무공을 익혀도 싸움을 할 줄 모르면 지금의 너처럼 되는 것이다."

송암은 무당산에 오르기 이전에 무당 속가제자의 집에서 하인으로 지낼 때, 하인들이 다투는 모습이나 인근의 잡배들이 칼을 휘두르며 목숨을 걸고 싸우는 모습을 여러 번 지켜봐 왔다.

그렇기에 단순히 무공만 익힌다고 강해지는 것이 아니라는 걸 잘 알고 있었다.

애초부터 무당에서도 오로지 강해지기 위해 노력해 온 송암이었다. 흥미와 재미로 무공을 익힌 진송하와 큰 차이를 보이는 것이 바로 그 점이었다.

송암이 연무장을 나서면서 마지막으로 한마디를 내뱉었다.

"또래인 나를 이기지도 못하는 어쭙잖은 실력으로 산을 내려갈 생각이라면, 꿈도 꾸지 말아라."

"……."

진송하는 멀어지는 송암의 발걸음 소리를 들으며 여전히 누운 채로 하늘을 바라봤다.

분했다. 그리고 자신이 분해한다는 사실이 놀라웠다.

"그동안 나…… 자만하고 있었던 건가?"

어이없게도 유일하게 제대로 배운 태극권은 펼치지도 못했다.

접근하다가 먼저 겁을 먹고 뒷걸음질 치다 당했고, 전력을 다하겠답시고 내력을 모조리 쏟아부어서 고작 주먹질을 한 번 했을 뿐이다.

그렇다. 진송하는 싸움을 할 줄 몰랐다. 아마 마찬가지일 송방과 대련해 본 것이 전부였다.

"분해……."

예전에는 송암은커녕 누군가를 이길 수 있다는 생각은 꿈에도 하지 못했다.

그저 재미있어서, 몸이 건강해지는 것이 좋아서 노력한 것뿐이었다.

그런데 어느새 대련에서 졌다고 분한 마음이 일었다.

하지만 그런 마음이 잘못되었다는 생각은 들지 않았다.

졌기 때문에 분하다. 그래서 더욱 노력하여 이기고 싶다.

무공을 익히는 자라면 누구나 가지고 있는 호승심을 진송하는 그제야 가슴으로 받아들였다.

"그러고 보니 내가 아버지를 구하러 가겠다고 생각한 것이야말로 가장 크게 자만하고 있었던 거구나……."

이제 고작 열다섯 살.

관건의 예를 치르지도 못해 정식 도사도 아닌, 어른들 틈에서 배움의 길을 걸어야 할 어린 나이에 그 험한 강호에 나가겠다고 생각했다는 것 자체가 문제였다.

아버지를 걱정한다고 하여 효심이 깊다고 볼 수만은 없었다.

자신이 밖에 나가 잘못되기라도 한다면, 아버지가 무사히 돌아왔을 때 어떤 표정을 짓겠는가?

거기까지 생각한 진송하는 결국 마음을 고쳐먹을 수밖에 없었다.

'어른들에게 의지하지 않고, 나 홀로 바로 설 수 있어야 해. 그때가 되어야 나도 한 사람의 어엿한 도사로서 산에서 내려갈 수 있을 거야.'

진송하의 목표가 정해졌다.

아니, 송암이 정해 주었다.

'앞으로 내 목표는 송암, 바로 너다.'

청명한 하늘을 바라보는 진송하의 눈은 그 어느 때보다도 밝고 강하게 빛나고 있었다.

송암은 연무장에서 얼마 떨어지지 않은 곳에서 일각이 넘는 시간 동안 제자리를 지키고 서 있었다.

본인의 의지였는지, 아니면 묵유자의 명에 따랐기에 그랬던 것인지 간에 오랫동안 질투심의 대상이었던 진송하를 가볍게 이기지 않았는가?

그런데 그런 것치고는 평소와 다르게 당황한 기색이 역력했다.

'검을 놓고 오다니!'

바닥에 내려놓은 검을 가져오는 걸 잊고 그냥 나온 것이다.

그렇다고 한껏 분위기를 내고 나왔는데 이제 와서 꼴사납게 검을 가지러 다시 돌아가는 짓은 절대로 할 수 없었다. 아직 진송하가 연무장에 있을지도 몰랐기 때문이다.

'……어떻게 하지?'

가지러 가지 않을 수도 없는 것이, 그 검의 주인이 바로 묵포자였다.

송암은 묵포자 밑에서 삼절황검을 배우고 있었지만, 아직 진검을 손에 들지 못해 목검만으로 수련하고 있었다.

그래서 사정을 설명하고 잠시 빌려 온 것인데, 언제까지 연무장 흙바닥에 놔둘 수는 없는 것이다.

묵포자가 평소 얼마나 검을 소중히 여기는지 알고 있었기에, 혹시라도 누군가가 가져가 잃어버릴지도 모른다고 생각하니 송암은 눈앞이 깜깜해지는 것 같았다.

그런데 그때 갑자기 송암의 등 뒤에서 미세한 인기척이 느껴졌다.

놀란 얼굴로 뒤를 돌아보니, 한 아이가 작은 눈을 더욱 가늘게 하여 짓궂은 표정으로 그를 바라보고 있었다.

"너, 너!"

"에구, 아쉬워라. 그 얼음 같은 얼굴에 어떤 표정을 짓고 있을지 궁금해서 몰래 다가가서 보려고 했는데 말이야."

송방이었다.

그가 하는 말로 보아 어떤 사정인지 다 알고 있는 것 같았다.

"대, 대체 어떻게?"

"야, 그럼 진검을 들고 내원 안을 왔다 갔다거리는데, 그걸 안 들킬 줄 알았냐? 연락되는 녀석들은 모두 모아 멀리서 니들 대련하는 걸 구경하고 있었지. 뭐, 무슨 대화를 나눴는지 까진 듣지 못했지만, 나야 상황을 알고 있으니까 대충 감을 잡았지. 흐흐."

그렇게 말하며 송방이 내내 등 뒤로 감추고 있던 손을 내밀었다.

"아!"

송암이 짧은 탄성을 내뱉었다. 송방의 손에 검이 들려 있었던 것이다. 바로 송암이 연무장에 놓고 온 묵포자의 검이었다.

"송하 녀석, 풀이 잔뜩 죽었을 것 같아서 위로라도 해주려고·다가갔는데, 오히려 잔뜩 독기 어린 얼굴로 묵경자 어르신께 가는 것 같더라. 마치 폐관 수련이라도 할 것 같은 분위기였어. 그래서 말도 못 붙이고 연무장에 홀로 있다가 이걸 발견한 거야. 검을 발견하자마자 네가 어찌하고 있을지 예상이 되더군. 그래서 주변을 뒤져서 널 찾았지. 그런데 어떤 표정을 짓고 있는지 못 보다니 좀 아쉽다. 크크큭!"

"……어쨌든 고맙다."

겉으로는 평소와 다름없이 냉정한 표정을 지으며 그리 말했지만, 속으로는 안도의 한숨을 내쉬는 송암이었다.

그때 검을 돌려주며 송방이 말했다.

"나야말로 고맙다. 결국 송하가 마음을 돌린 것 같으니까 말이야. 그 녀석이 현은 사숙을 찾으러 가겠다고 그냥 하산했다면, 걱정돼서 낮잠도 즐기지 못할 뻔했을 거야."

"……."

"그래, 안다 알아. 너도 같은 기분이었다는 거지? 우리가 괜히 사형제지간이겠냐? 흐흐."

"……."

비록 무뚝뚝한 표정은 그대로였지만 송암은 나름대로 침묵함으로써 송방의 말에 긍정했다.

"응?"

갑자기 송방의 표정이 묘하게 변했다.

송암도 무슨 일인가 싶어 그의 시선을 쫓아가다 똑같이 놀라야 했다.

"헉!"

묵포자가 자신들 쪽으로 걸어오고 있었던 것이다.

'서, 설마 들으셨을까?'

자신과 마찬가지로 감정 표현을 잘하지 않는 묵포자였기에, 겉모습만으로는 자신의 의문을 해소할 길이 없었다.

저벅저벅.

그의 발걸음 소리와 함께 송암의 심장이 크게 뛰었다.

'걸리면 죽음이다!'

검을 잠깐이라도 잃어버렸다는 사실을 들킨다면 뒤의 상황은 상상도 하기 싫을 정도였다.

마침내 묵포자가 두 사람 앞에 섰다. 그는 송방을 한번 흘낏 보더니 곧 송암을 돌아보며 특유의 무뚝뚝한 어투로 물었다.

"그래, 표정을 보니 일이 잘되지 않은 모양이구나?"

'안 들켰다?'

속으로 안도의 한숨을 내쉰 송암이 재빨리 평정을 되찾으며 묵포자의 물음에 답하고자 입을 열었다.

  "아닙니다. 잘되었습니다. 모두 사부님께서 검을 빌려주신 덕분입니다."

  그 말에 묵포자의 입꼬리가 눈치채기 어려울 정도로 살짝 올라갔다.

  "녀석, 어울리지 않게 아부는……. 그래, 아무튼 자만하지 말고, 그런 마음가짐으로 더욱 정진하거라."

  "예."

  묵포자가 잠시 입을 다문 채 침묵을 지키다가 입을 열었다.

  "그보다 검을 돌려받으러 왔다."

  "……예?"

  어차피 돌려주러 갔을 텐데 직접 가지러 왔다는 말이다.

  송방이 옆에서 질린다는 표정을 보였다. 마치 구두쇠를 바라보는 눈빛이었다.

  송암 역시 당황하기는 마찬가지였다. 아무리 묵포자가 검을 아낀다고 하나, 이 정도까지였나 하는 생각이 얼굴에 그대로 드러났다.

  그들의 시선에 묵포자는 오해받기 싫었는지 무뚝뚝한 표정을 그대로 유지하면서 재차 입을 열었다.

  "긴히 쓸데가 있어서 그런다."

그 말에 송암은 아무 말 없이 두 손으로 검을 건네주었다.

하지만 오지랖 넓은 송방은 아니었다. 그는 몸을 돌려 자리를 벗어나려는 묵포자에게 재빨리 한 걸음 다가서며 물었다.

"사숙조님, 무슨 일로 검이 필요하신 건데요?"

하긴, 무당 내에서 굳이 급하게 검을 찾을 일이 어디 있겠는가?

이 정도면 송암이 진검을 들고 내원을 왔다 갔다 하는 것 못지않게 흥미로운 화젯거리를 제공할 거라 기대하고 던진 물음이었다.

어린 사손이 호기심이 잔뜩 담긴 표정으로 그리 물으니, 묵포자는 잠시 망설이다가 결국 입을 열었다.

"……철혈도제께서 지금 이곳에 와 계신다더구나."

평소 귀동냥으로 묵포자가 과거에 얼마나 호전적인 인물이었는지 들어서 알고 있던 송방이다. 방금 한 말이 무슨 의미인지 모를 리가 없었다.

"비무군요! 오옷, 땡잡았다! 저희도 구경하게 해 주세요! 네?"

"……."

덜컥 허락하기도, 반대하기도 뭐해 묵포자는 말없이 고심하는 표정을 지었다.

그러자 옆에서 잠자코 지켜보던 송암이 눈을 빛내며 말했다.

"저도 보고 싶습니다. 고수 간의 대결은 분명히 저희에게 많은 도움이 될 겁니다."

"으음……."

비록 제자는 아니라지만, 자신이 삼 년 동안 가르치고 있는 아이까지 그리 말하자 묵포자는 결국 고개를 끄덕여야 했다.

"하지만 소문은 내지 말고, 조용히 둘만 따라오거라."

그 말에 송방이 간절한 어조로 말했다.

"아, 저…… 한 녀석만 더 데려가면 안 될까요? 지금 시점에서 꼭 보여 주고 싶은 놈이 있는데……."

그 말에 송암은 누구를 말하는 건지 단번에 알 수 있었다.

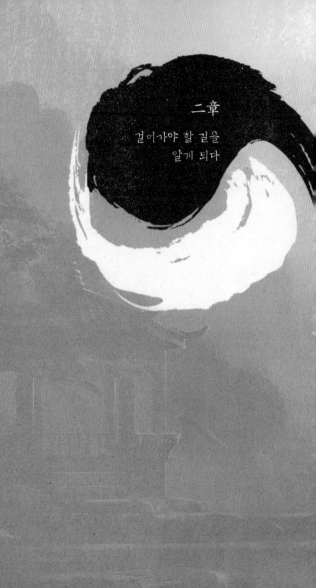

二章

걸어가야 할 길을
알게 되다

"강해지고 싶습니다."

진송하가 난데없이 명진암으로 찾아와 묵경자에게 한 말이었다. 더구나 갑자기 어른스런 말투라니…….

하지만 묵경자는 아무 말 없이 그저 진지한 얼굴로 진송하를 마주 보며 고개를 끄덕여 주었다. 진송하의 얼굴에 드러난 표정을 읽은 것이다.

'후후, 강함에 대한 열망이라……. 그리 나쁘진 않구나.'

무슨 사정이 있었는지는 모른다. 하지만 이렇게 진지하게 변한 건 진송하에게 그리 나쁜 일이 아니었다.

속세를 잊고 출가하는 도사들이야 세상에 싫증이 나서

해탈이니 무위니 하는 것들을 좇는다지만, 아직 정식으로 도관도 쓰지 않은 어린아이들이 호기심과 열망을 가지는 것은 좋은 일이라고 생각했다.

'드디어 때가 되었군.'

묵경자가 속으로 그리 생각하며 은근한 말투로 물었다.

"검을 배워 보겠느냐?"

그 말에 진송하의 눈이 강렬하게 빛났다.

오랜만에 두 사람이 몽계에서 마주 보았다.

무인들이 강해지기 위해 수련할 때면 폐관 수련이니 면벽 수련을 한다지만, 진송하는 그럴 필요가 없었다. 몽계는 그 어떤 환경과도 비교할 수 없는 천혜의 수련장이었기 때문이다.

그래서 명진암을 나선 후 곧바로 진선각으로 와서 몽계로 들어온 것이다.

묵경자가 뒷짐을 진 채 진송하의 앞에 서서 말했다.

"자고로 검이란 사람을 상하게 하는 도구다. 처음부터 그런 목적으로 개발된 것이고, 지금도 다른 병장기와 함께 그러한 목적으로 쓰이고 있다."

검에 대한 강론(講論)이었다.

묵경자는 드디어 진송하에게 검을 가르칠 때가 왔다고 느낀 것이다.

"그렇다면 우리 같은 도사가 검을 드는 이유는 대체 무엇일까? 분명히 사람을 해칠 목적으로 드는 것은 아닐 터. 어디 한번 네 생각을 듣고 싶구나."

이에 평소보다 더욱 진지한 얼굴로 진송하가 입을 열었다.

"검(劍)으로 무(武)를 닦아 도(道)를 이루기 위함입니다."

무당파뿐만이 아니라 도가 계열의 문파에 속한 어느 도사들에게 물어도 대부분 이와 비슷한 답을 내놓을 것이다.

하지만 묵경자는 그것이 아니라는 듯 고개를 내저으며 말했다.

"허울 좋은 핑계일 뿐이다. 그리 생각하는 도사들치고 살인을 저지르지 않은 자는 드물 것이다. 사람을 죽여서 도를 이루겠다는 말이나 마찬가지이지."

"……그럼 사람을 살리고자 검을 드는 것입니까?"

이 역시 흔히 들을 수 있는 말이다.

도사들뿐만 아니라, 정도를 걷는 대다수의 강호인이 곧잘 내뱉는 말이니 말이다.

하지만 묵경자는 다시 고개를 저었다.

"그 역시 내 답은 같다. 어떤 사람을 살리겠다고 다른 사람을 죽이면, 그것이 어찌 사람을 살리기 위한 검이 될 수 있겠느냐?"

"……."

더 이상 진송하의 입이 열리지 않자, 묵경자가 실마리를 주었다.

"기실 검을 든 목적을 묻는 것이 아니다. 그저 너에게 검이란 무엇인지를 묻는 것이다."

이번에는 진송하의 입이 쉽게 열렸다.

"강해지고 싶기 때문에 필요한 겁니다."

"으음, 나쁘지 않구나. 하지만 예전에는 다른 이유였지 않느냐? 그때의 목적은 이제 필요치 않은 것이냐?"

그제야 진송하의 머릿속에 능글맞은 사슴 한 마리가 떠올랐다.

"설록…… 설록과 만나기 위함입니다. 또한 사숙조님을 도와 태극검을 복원하기 위함입니다."

"허허, 그래. 그놈에 이유가 참으로 많구나! 너는 그런 목적으로 검을 배우려 하지. 그럼, 대체 검은 무엇이냐?"

"……."

진송하는 말문이 막혔다.

'대체 검은 무엇이지?'

사실 얼마 전까지도 진송하에게 검에 대한 열망 같은 건 없었다. 설록과 만나고자, 사숙조를 위해 애를 쓰긴 했지만, 분명 지금과 같은 열망은 없었다.

그러던 것이 송암에게 패배하고 나서, 강해지고 싶은 마음에 검을 들려고 하는 것이다.

'그때나 지금이나 검은 검이다. 결국 변한 건 내 마음뿐이라는 건가?'

진송하의 얼굴이 밝아졌다. 묵경자가 하고자 하는 설명의 핵심을 파악한 것이다.

"검은 그저 검일 뿐입니다."

원하는 답을 들은 듯 그제야 묵경자가 흐뭇한 미소를 지으며 고개를 끄덕였다.

"허허. 그래, 바로 보았다. 검은 검이다. 그저 뾰족하고 날카로운 쇳덩이일 뿐이지. 검에 미치거나, 빠져 버리지 말고, 그저 검을 검으로 바라보는 것. 그것이 바로 검을 든 이의 기저(基底)에 담아 둬야 할 마음가짐이다."

검을 도구로써 바라보라는 말이다.

묵경자의 이야기가 계속됐다.

"도사가 검을 들었다 하여 무슨 거창한 이유가 있는 것이 아니다. 검은 그저 검일 뿐이지. 검으로 도를 이뤄? 그런 말을 하는 도사가 있으면 내 앞에 데려오거라. 다시는 검을 들지 못하도록 팔을 부러뜨려 줄 테니."

신랄한 비판이었다.

사실 무당 내에서도 그런 사람이야 수두룩하지 않던가?

"그럼 우리 무당파의 도사들은 왜 검을 배우는 겁니까?"

"무당이라 검을 익히는 것도, 도사이기 때문에 검을 익히는 것도 아니다. 처음에는 난세에 자신을 보호하기 위해, 또는 나라를 지키고자 검을 들었을 것이다. 그리고 그중 일부가 검이라는 것 자체에 재미를 들인 것이지. 그러다 몇몇 재능 있는 자들이 검법을 만들었고, 그것이 지금까지 전해져 내려온 것이다. 도사가 아닌 일반 강호인들이 검을 든 이유와 다를 바 없다는 말이지."

"조사께서도요?"

장삼봉을 말하는 것이다. 설마 하는 생각에 물은 것인데, 묵경자의 고개는 무심하게도 아래로 끄덕여졌다.

"물론이다. 그분의 위대함이야 이루 말할 수 없을 지경이다만, 도사로서의 업적과 강호인으로서의 업적을 분명히 구분 지어 생각해야 한다. 기실 현 강호에서 우리 무당이 지금과 같은 위치에 오른 데는 조사의 도력이 아닌, 어디까지나 무공이 천외지경(天外之境)에 이르셨기 때문이니 말이다."

어찌 보면 무당파의 도사들이 꿈꾸는 등선 자체를 비판하는 것 같았다.

하지만 그것만은 아니었다.

묵경자의 이야기가 이어졌다.

"무라는 것……. 그것에 이르는 길도, 그것으로 이루려는 길도 다양하다. 동물을 흉내 낼 수도 있고, 외공을 중심으로 익힐 수도 있으며, 사도를 걸어 속성으로 이룰 수도 있다. 무를 통해 강함을 증명하기도 하고, 야망을 이루기도 하지. 우리 무당이 내가 무학과 검을 중심으로 한다지만, 기실 그 뿌리에는 도가 사상이 깊게 배어 있다. 이는 도를 공부하는 도사들이 만든 무학이기 때문이다. 그런 의미에서 우리는 아직도 도복을 입고, 등선을 꿈꾸는 것이지. 하지만 그렇다고 해서 검으로 도를 이룬다? 되지도 않는 말이다. 이것을 잊지 말거라. 무를 통해 도를 이루려는 것이 아니라, 도를 향해 가는 길에 그저 곁다리로 무를 이루려고 하는 것이라는 사실을 말이다."

진송하는 그제야 묵경자가 말하려는 바를 이해할 수 있었다.

"그렇기에 검을 검 그 자체로 보라는 말씀이시군요. 도사로서 검을 들 생각을 하지 말고, 검을 익히려는 무인으로서 검을 대하라고요."

"옳지. 도사로서 걸어야 할 길에 대해서는 벌써 생각할 필요가 없다. 너는 아직 어리니 말이다."

진송하는 한 가지 의문이 생겼다.

"검을 검으로 보라고 말씀하셨는데, 강호에서는 검의 경지를 말할 때 신검합일이라고 표현하지 않습니까?"

신검합일(身劍合一).

검과 내가 하나가 되는 경지를 말함이다.

검을 검으로 본다는 것과, 검과 내가 하나가 된다는 것.

확실히 묵경자의 말은 이와 상충하는 면이 있었다.

하지만 묵경자는 그것이 아니라는 듯 고개를 내저으며 말했다.

"어쭙잖은 자가 검을 들고 천 번, 만 번을 휘두른들, 어찌 검이 내가 되고, 내가 검이 될 수 있겠느냐? 그런 경지는 검을 바로잡은 뒤에야 꿈꿀 수 있는 경지이다. 우선은 검을 검으로만 보거라. 네가 말한 신검합일의 경지는 그 이후 한참을 노력해야 바라볼 수 있는 경지이다."

그렇게 말을 하는 묵경자 또한 신검합일의 경지에 오르지는 못했다.

그렇기에 진송하가 벌써부터 그런 것을 꿈꿀 생각을 하지 않고 기초에 충실했으면 하는 마음에 그리 말한 것이다.

'우선은 검을 검으로 본다……'

몽계 안이기 때문에 검은 없었다. 그래서 진송하는 우선 눈을 감고 머릿속에 검을 그려 보았다.

그런데 생각해 보니 자신이 본 검이라는 게 얼마 되지 않았다.

어른들이 허리에 찬 것을 봤거나, 멀리서 수련하는 모습을 언뜻 스쳐 지나가며 본 적이 있었다. 하지만 검집에 들어 있는 모습이거나 멀리서 본 것이기에 머릿속에 그려 넣기엔 무리가 따랐다.

그 외에는 바로 얼마 전 대련할 때 봤던 송암의 검이 있었다.

하지만 이것도 머릿속에 그려 넣기에는 무리가 있었다. 검을 검으로 봐야 했는데, 송암의 검은 검이라기보다는 공포와 좌절, 그리고 호승심만을 일으키게 해 줬으니 말이다.

'아, 그러고 보니 하나가 더 있구나!'

'후후.'

눈을 감고 있는 진송하를 바라보는 묵경자는 속으로 웃음을 흘렸다.

진송하가 지금 곧바로 검을 검으로 보고자 애쓰고 있다는 걸 알 수 있었기 때문이다.

'하지만 검을 그린다는 게 그리 쉬운 게 아니지. 오랫동안 손에 익숙하다면 모르겠지만, 넌 지금까지 검을 손에 쥔 적도 없으니 아직은 무리일 게다. 더구나 검도 없으니 너무 성급하구나.'

그런데 묵경자가 속으로 그런 생각을 하고 있는 순간, 갑자기 진송하의 앞에서 새하얀 빛이 뿜어져 나오기 시작했다.

"응?"

파아아.

빛은 점점 강해져 어느새 눈이 부실 정도가 되었다.

묵경자는 눈을 게슴츠레하게 뜨면서도 안력을 높여 전방

을 주시했다.

그리고 곧 무엇이 빛을 내고 있는 건지 알 수 있었다.

"……검?"

진송하의 머릿속에 가장 강한 인상을 남긴 검이 있었다.

누렇게 색이 바랜 검집에 갈무리된 낡은 철검이었다.

바로 삼 년 전, 몽계에서 봤던 설록이 품고 있던 검이었다.

그것은 비록 찰나의 순간이었지만, 지금도 머릿속에 생생하게 그릴 수 있었다.

'응? 갑자기 웬 빛이지?'

진송하는 설록이 품은 검을 떠올리는 와중에, 감은 눈을 통해서도 빛이 새어 나오는 걸 느꼈다.

더 이상 생각을 이어 갈 수 없었기에 뭔가 싶어 눈을 뜬 진송하는 눈을 더욱 크게 뜨며 의문을 토했다.

"검?"

자신이 머릿속에 그렸던 그때의 그 검이 눈앞에 있었다.

"검!"

머릿속에 그려진 그 검 그대로였다.

"이익!"

진송하가 바닥에 주저앉아 검을 양손으로 부여잡은 채,

얼굴을 붉게 물들이면서 끙끙대고 있었다.

아무리 힘을 줘도, 검이 검집에서 뽑혀 나오지 않았기 때문이다.

그 모습을 잠자코 지켜보던 묵경자가 고소를 머금으며 입을 열었다.

"뭐, 차라리 잘되었구나. 목검도 잡아 본 적이 없는데, 벌써부터 진검으로 수련하기에는 무리일 테니 말이다."

"으윽!"

처음에는 나타난 검이 설록이 제 모습으로 화한 것은 아닐까 싶었지만, 이 검은 정말 진송하의 머릿속에만 존재하던 검이었다.

실제로 봤던 검집에는 분명히 무슨 무늬가 새겨져 있었다.

하지만 그 무늬를 정확히 본 적이 없었기 때문인지, 눈앞의 검은 무늬가 아닌 흐릿한 정체불명의 얼룩만이 잔뜩 남아 있었던 것이다.

검이 가진 전체적인 모양새도 뭔가 어정쩡했다. 아이들을 위해 대장장이가 대충 만든 모형 검 같은 느낌이랄까?

무엇보다 가장 큰 문제는 검과 검집이 완전히 달라붙어 있다는 점이었다.

이래서는 검이라고 할 수도 없었다.

"후우, 정말 정이 안 가는 녀석이라니까."

걸어가야 할 길을 알게 되다 55

빛까지 뿜어져 나와 그럴듯하게 연출된 상황에서, 이런 장식용으로도 쓰지 못할 검이 튀어나오다니…….

진송하는 정말 현재 상황이 능글맞은 설록과 똑 닮았다는 생각이 들었다.

필시 이 역시 몽계의 공능이라고 볼 수 있었지만, 이왕이면 제대로 된 검이 튀어나왔으면 하는 생각에 진송하의 볼이 퉁퉁 부어올랐다.

한동안 검을 부여잡고 씨름하는 진송하를 잠자코 바라보던 묵경자가 더 이상은 안 되겠다고 생각했던지 입을 열었다.

"자, 이제 그만하거라. 어쨌든 검이 생겼으니, 이제 태극검을 익혀 보자꾸나."

어쨌든 중요한 건 검이라 할 수 있는 것이 진송하의 손에 들어왔다는 사실이었다. 이제는 몽계에서 태극검을 익힐 수가 있는 것이다.

하지만 결국 수련은 이어질 수 없었다.

진송하의 귀에 송방의 목소리가 들려왔기 때문이다.

— 어이! 빨랑 나와! 불구경보다 재미있는 구경거리가 생겼어!

진송하는 송방의 말에 묵경자에게 양해를 구하고는 같이 조천궁으로 향했다.

"정말? 묵포 사숙조와 그 덩치 큰할아버지께서?"

"그렇다니까! 두 분 모두 절정을 넘어 화경을 바라보고 계신 분들이라고! 그런 고수들의 비무라니……. 언제 또 이런 기회가 찾아오겠냐? 너도 특별히 구경하게 해 달라고 부탁한 이 형님이 고맙지?"

"하, 하하. 그나마 형님이라니, 나도 그간 많이 격상되었구나."

예전에는 진인이나 어르신이라는 표현으로 지칭하던 것을 들어 한 말이었다.

그 말에 송방이 정색한 얼굴로 말했다.

"그 이상은 욕심내지 마라. 대사형의 자리는 송암에게 넘겨주었지만, 이사형의 자리는 나라고!"

"뭐, 송방이라면 사형이라고 부를 수 있을 것 같아."

진송하가 천진난만한 얼굴로 그리 말하자, 오히려 송방이 뜨악한 얼굴이 되었다.

"……얘가 갑자기 뭘 잘못 먹었나. 송암에게는 그리 기를 쓰고 덤비더니, 어째 나한테는 그리 쉽게 양보하냐?"

탁!

그 말에 진송하가 놀란 얼굴로 걸음을 멈췄다.

진송하는 송방이 송암과 대련하던 모습을 지켜보고 있었

다는 사실을 모르고 있었기 때문이다.

그래서 송방에게 마찬가지로 뜨악한 얼굴로 외쳤다.

"무, 무슨 소리야! ……설마, 그걸 봤어?"

"헙!"

뒤따라 걸음을 멈춘 송방이 뜨끔한 표정으로 자신의 입을 두드려 댔다.

하지만 이내 능글맞은 얼굴로 입을 열었다.

"헤헤. 내가 아까 말했잖냐. 불구경보다 재미있는 게 싸움 구경이라고. 너도 그 말에 동감하니까 수련을 중단하고 지금 날 따라오는 거 아니겠어? 그러니까 그거 좀 구경했다고 뭐라고 하지 마."

순간 납득당할 뻔했다.

하지만 진송하는 이내 그것이 아니라는 듯 소리쳤다.

"자, 잠깐! 구경하는 거랑 구경거리가 되는 거랑은 다르지!"

"푸히히! 됐어, 이미 다 본 걸 어쩌겠냐?"

"끄응……."

하긴 이미 지나간 일이었다. 그 일로 인해 진송하의 마음속에 새겨진 감정은 여전했지만, 그것을 송방에게 풀어낼 수는 없는 일이었다.

잠시 투덕거리느라 멈춰 섰던 송방이 무언가 깨달았다는 듯 작은 눈을 크게 뜨며 말했다.

"아차! 그나저나 빨리 가자. 조천궁에 계신 철혈도제께 비무를 신청하러 가신다고 했으니, 얼른 그리로 가야 한다고. 비무 장소가 어딘지 모르기 때문에 늦으면 구경을 못 한단 말이야."

그렇게 말을 내뱉고는 서둘러 뛰기 시작했다.

진송하는 송방의 뒤를 쫓으면서 붉어진 얼굴로 생각했다.

'그리고 보니 송암도 함께 있을 텐데……. 아까 져 놓고 금방 얼굴을 보기가 좀 그러네.'

하지만 그렇다고 진송하의 걸음이 멈춰지지는 않았다. 강해지기 위한 열망이 쑥스러운 감정보다 강했다.

고수들의 비무를 구경할 수 있다면 분명 큰 도움이 될 것이라고 생각한 것이다.

☯

"비무?"

조천궁 내 객실에서 머물던 소천중은 묵포자의 말에 흥미로운 얼굴을 해 보였다.

"그렇습니다. 전부터 철혈도제의 명성은 익히 들어온 바, 제 능력을 시험해 보고 싶어 이리 무례를 저지르게 되었습니다."

소천중은 눈앞의 인물이 누군지 몰랐다. 하지만 자신과

그리 차이가 나지 않는 고수라는 정도는 느낄 수 있었다.

이를 눈치챌 수 있도록 묵포자가 일부러 기세를 갈무리하지 않고 있었기 때문이다.

"으음……."

소천중은 거절할 생각이었다.

이곳은 태천문이 아닌 무당파였다. 괜히 무당파의 도사와 비무를 하다가, 혹여 상처라도 입혔다가는 입장이 곤란해질 수 있었다.

더구나 진송하를 데리고 하산을 할 때까지는 이곳에 머물러야 했기에, 절대 묵유자에게 밉보이는 짓은 할 수 없었다.

그렇게 마음을 정하고 정중히 거절의 말을 전하려는 찰나였다.

"응?"

소천중은 옆에 있던 손녀가 아무 말도 않고 몽롱한 시선으로 한곳을 바라보고 있다는 사실을 뒤늦게 눈치챘다.

왠지 기분 나쁜 눈빛이었다.

그래서 미간을 모으며 그녀의 시선을 따라가 보니…….

'헉! 저, 저놈은……!'

내내 묵포자의 기세 때문에 그 뒤에 소년이 서 있다는 사실조차 잊고 있었던 소천중은 그제야 그가 누군지 깨달았다.

바로 소천중이 현은에 이어 무당파의 도사 중 두 번째로 싫어하는 존재인 송암이었다.

소천중은 이글거리는 눈빛으로 송암을 바라보다가 묵포자에게 물음을 던졌다.

"……저 아이와는 어떤 관계인가?"

소천중의 얼굴에 드러난 분노한 감정에 의문을 품은 묵포자가 그답지 않게 약간 당황한 얼굴로 말했다.

"사제지간은 아니지만, 잠깐 시간을 내어 검을 가르치고 있는 아이입니다."

소천중도 나이와 배분을 따졌을 때 두 사람이 사제지간이 아니란 사실 정도는 알아챌 수 있었다.

하지만 겉으로 드러난 송암의 재능이 상당히 뛰어났으니, 분명 묵 자 항렬로 보이는 눈앞의 도사에게 가르침을 받고 있을 것이라 짐작하고 있었다.

'결국 사제지간이나 다름없다는 말이지.'

소천중의 입에서 원래 생각과는 다른 말이 튀어나왔다.

"알겠네. 비무를 받아들이지."

그 말에 묵포자의 눈 속에 그간 숨겨 왔던 흉포한 투기가 넘쳐흘렀고, 덕분에 방 안의 분위기가 세차게 요동쳤다.

"오오! 안 늦었다!"

"응?"

긴장된 분위기를 깨며 갑자기 튀어나온 말에 모두의 시

선이 방문으로 쏠렸다.

그곳엔 잔뜩 상기된 표정의 송방과 어색한 표정의 진송하가 서 있었다.

☯

비무 장소는 묵포자가 기거하는 동쪽 끄트머리의 암자에서 더욱 동쪽에 위치한 좁은 평지였다.

무당에 신세 지고 있는 소천중을 위해 다른 사람들의 눈에 띄지 않는 장소로 정한 것이다.

물론 이는 이번 비무의 결과가 어떻게 나오든 비밀에 부치겠다는 의미이기도 했다.

묵포자가 은거를 깨고 나온 지 얼마 지나지 않은 상황이었기에 또다시 소란을 일으킬까 걱정되어 미리 소천중에게 약조를 받아 놓은 것이다.

이에 송암은 몇 번이나 송방에게 입을 다물라는 당부의 말을 전해야 했다. 그렇지 않으면 비무가 끝나고 한 시진도 지나지 않아서 무당 전체에 비무의 결과가 퍼져 나갈 것이 뻔했기 때문이다.

송방은 송암의 거듭되는 당부에 인상을 쓰며 외쳤다.

"아, 거참. 모르는 사람이 들으면 내가 입이 무지 싼 줄 알겠다!"

"싸긴 싸잖아."

옆에 선 진송하의 말이었다.

설마 진송하까지 저리 말할 줄 몰랐는지 송방이 대번에 당황한 얼굴로 말했다.

"너, 너! 이야, 너 정말 많이 컸다. 형님한테 그딴 허무맹랑한 소리도 할 줄 알고 말이야. 너 혹시 송암에게 당한 걸 가지고 나한테 화풀이하는 거냐?"

……확실히 입이 싼 송암이었다.

그 말에 잠자코 송암을 훔쳐보고 있던 소소영이 눈을 빛내며 끼어들었다.

"어머, 두 분이 겨루셨나 봐요? 역시 송암 도사님께서 이기셨겠죠? 한눈에 봐도 범상치 않은 실력을 지니신 것 같은데."

그 말에 진송하의 얼굴이 단번에 구겨졌고, 송암도 불편한 표정을 지었다.

하지만 두 사람 모두 아무 말도 하지 않자, 송방이 어색하게 웃으며 말했다.

"하하. 뭐 아직 다들 어려서 실력이 고만고만합니다. 그래서 이기기도 하고 지기도 하고, 뭐 그런 거지요. 하하, 하하하."

자기가 벌인 판이란 걸 알았는지 나름 사태를 수습하려고 나선 것이다.

이에 진송하가 송암을 바라보며 송방에게 말했다.

"그건 네 말이 맞아. 이번엔 졌지만, 다음에는 반드시 이길 테니까."

이에 송암은 예의 무표정하면서도 냉정한 얼굴로 답했다.

"말보다 실력으로 덤비거라."

"이익!"

두 사람 사이의 분위기가 험악해지려 했다.

결국 조용히 비무 준비에 여념이 없던 소천중이 끼어들었다.

"거 구경꾼들답게 조용히 좀 있어라. 정신 사나워서 집중할 수 없구나. 그리고 소영이 넌 이쪽으로 오너라. 다른 사람이 보면 저자를 응원하는 것처럼 보이겠구나."

소소영이 송암의 곁에 꼭 붙어 있었기에 한 말이다.

이에 소소영이 혀를 날름거리며 말했다.

"피이! 그쪽은 햇빛이 비쳐서 싫어요. 전 그냥 여기서 응원할게요. 손녀가 돼서 설마 할아버지가 아닌 저 어르신을 응원하겠어요?"

'그래, 왠지 너라면 충분히 그럴 수 있을 것 같다.'

묵포자를 제외한 그 자리에 있는 모두가 속으로 같은 생각을 했다.

어쨌든 소천중은 손녀가 이 기회를 이용해 비무가 끝나기 전까지는 결코 송암의 곁에서 떨어지지 않으리라는 걸 알 수 있었다.

'끄응. 저 둘을 떼어 놓기 위해서라도 최대한 빨리 끝내
야겠군.'

그는 절대 자신이 질 것이란 생각은 하지 않았다. 묵포자
가 만만치 않은 기세를 지녔다지만, 그래도 자신은 오대성
왕에는 들지 못해도 강호에서 열 손가락 안에 꼽힐 정도의
고수였다.

묵유자라면 또 모를까, 설마하니 여태 듣도 보도 못한 눈
앞의 존재에게 질 거라고는 생각할 수 없었던 것이다.

묵포자는 이미 준비를 끝냈는지 아까 송암에게 넘겨받은
검을 쥔 채 묵묵히 눈을 감고 서 있었다.

'쯧쯧. 저리 무게를 잡다가 지면 무슨 망신일꼬? 하
긴⋯⋯. 애초에 내 목적이 바로 그것이 아니던가?'

송암이 아무리 마음에 안 들어도 워낙 어려서 직접 손을
쓸 수 없으니, 그에게 사부나 다름없는 자에게라도 망신을
주려는 의도였던 것이다.

저벅저벅.

소천중이 여유 있는 걸음으로 묵포자의 앞에 섰다.

그러자 묵포자가 내내 감고 있던 눈을 떴다.

파아앗.

'으음⋯⋯! 그리 빠르게 끝낼 수는 없겠군.'

냉정한 눈이었다.

소천중이 더는 기세를 숨기지 않고 마음껏 밖으로 분출하고 있었는데도, 안색 한 번 흐트러지지 않고 평정심을 유지하고 있는 것이다.

그래도 강호에서 쌓아 온 명성이 있기에 소천중은 먼저 움직이지도 입을 열지도 않았다.

그러자 묵포자가 입을 열었다.

"무당의 묵포라 합니다."

"태천문의 문주, 소천중이네."

대답을 하면서도 소천중은 묵포자의 도호가 어딘지 낯설지 않다는 생각이 들었다.

'하긴 묵유, 그 친구의 사제일 테니, 언젠가 들어 봐서 그런 거겠지.'

스르릉.

대수롭지 않게 생각한 소천중이 등 뒤에서 거대한 도를 꺼내 들며 말했다.

"먼저 시작하시게."

"그럼 사양하지 않겠습니다."

그렇게 말한 묵포자는 허리에서 검을 뽑아 들었다.

챙!

청명한 검명이 울리는 동시에 시퍼런 검광이 앞으로 뻗어 나갔다.

발검과 동시에 공격을 개시한 것이다.

동시에 소천중의 신형이 엿가락처럼 늘어나 삼 장 뒤에
서 멈춰 섰다.

타탁!

"……좋군."

가라앉은 말투였다.

어느새 소천중의 흑색 장포가 대각선으로 길게 잘려 있
었던 것이다.

어마어마한 쾌검이었다.

옆에서 구경하고 있던 아이들은 검의 윤곽도 보지 못했
을 정도였다.

진송하가 얼떨떨한 얼굴로 전방을 주시한 채 송방의 어
깨를 두드리며 말했다.

"소, 송방. 이 비무, 우리가 본다고 정말 도움이 될까?"

"그, 글쎄다……."

이번에는 소천중이 먼저 움직였다. 당한 것이 있으니 갚
아야겠다는 생각에서였다.

우우우웅―!

소천중의 도를 중심으로 대기가 울어 대기 시작했다.

"뒤로 물러나거라."

소천중의 말에 네 아이가 동시에 비무 장소에서 십 장 이
상 뒤로 물러났다.

그들이 충분히 떨어진 것을 확인한 소천중은 묵포자를

돌아보며 말했다.

"막으려는 생각은 버리는 게 좋을 것이네."

"철혈도제의 태천탄세도를 언제 또 견식하게 될지 모르는데, 피할 수는 없지요."

태천탄세도(太天呑世刀).

태천문이 받드는 불교의 수호신인 위태천(韋太天)이 불사리(佛舍利)를 훔친 첩질귀(捷疾鬼)에게 사용했다는 전설의 도법의 이름이었다.

태천문의 문주들에게만 전해지는 그 비전의 절학이 지금 소천중의 손에서 펼쳐지려 하는 것이다.

우우우웅—!

어느새 소천중의 주변의 대기가 이글이글 타오르기 시작하더니, 그의 도를 중심으로 금색의 빛이 흘러나오기 시작했다.

강기(罡氣)였다.

이를 본 소소영이 십 장 더 물러났고, 뒤따라 다른 아이들도 재빨리 신법을 발휘해 소소영이 있는 곳까지 물러났다.

이를 확인한 소천중이 담담한 음색으로 말했다.

"태천장구(太天張口)."

콰콰콰콰콰콰!

벼락과도 같은 굉음과 함께 소천중에게서 금빛 강기가

묵포자를 향해 넓게 뻗어 나갔다.

도로 만든 강기가 맞는지 의심스러울 정도로 넓게 펴진 강기는 마치 그물처럼 묵포자를 에워싸려 들었다.

묵포자의 손이 움직인 건 그물과도 같은 강기가 그의 일보 앞까지 접근했을 때였다.

"검영난세(劍影亂世)."

묵포자가 내뱉은 말은 그리 크지 않았으나, 기이하게도 멀리 떨어져 있던 진송하에게 확실하게 들려왔다.

'저, 저건!'

잊을 리 없었다. 불과 몇 시진 전, 송암이 자신에게 펼친 초식이 아니던가

송암이 펼친 검영난세도 대단했지만, 묵포자의 것은 차원이 달랐다.

검영이 아닌 소천중과 같은 강기를 뿌려 댄 것이다.

파파파파파파!

베기로 만들어진 검강.

'사숙조님!'

지켜보던 송암이 속으로 애타게 외쳤다.

두 강기 모두 그물을 연상시켰지만, 차이점은 명백했다.

소천중의 태천장구가 비단과 같은 그물이라면, 묵포자의 검영난세가 만들어 낸 그물은 실제 실로 짠 그물과도 같은 형태였다.

면과 선의 차이.

송암이 보기에 분명 소천중이 유리해 보였던 것이다.

콰콰콰콰쾅!

두 사람이 만들어 낸 강기가 부딪치면서 어마어마한 굉음이 산 전체에 울려 퍼졌다.

둘을 중심으로 뿌연 흙먼지가 일면서 시야를 가로막았다.

때문에 구경하고 있던 네 사람은 어떤 결과가 나왔는지 알 수 없었다.

모두 긴장한 얼굴로 흙먼지를 피해 작게 뜬 눈으로 전방을 주시하고 있는데, 얼마 지나지 않아 넷 모두가 동시에 안도의 한숨을 내뱉었다.

"휴우!"

쾅쾅쾅!

흙먼지 안에서 묵직한 병장기 부딪치는 소리가 들려왔기 때문이다.

이는 결국 두 사람 모두 무기를 휘두를 수 있을 정도로 그리 큰 피해는 입지 않았다는 의미였다.

어느새 흙먼지가 가시고, 비무를 벌이는 두 사람의 모습이 시야에 잡혔다.

하지만 그 모습이란 것이 명확히 보이지 않고, 흐릿한 잔상만이 언뜻 보일 뿐이었다.

묵포자의 쾌와 변을 이용한 검영난세에 자극을 받았는지

소천중 역시 쾌도로 묵포자와 겨루고 있었던 것이다.

그러기를 얼마나 지났을까?

타탁!

소천중이 갑자기 뒤로 물러나며 말했다.

"이제야 기억이 나는군! 혹 자네의 별호가 삼절마검이 아닌가?"

"……별호가 아니라 과거의 과오로 얻은 죄의 낙인일 뿐입니다."

묵포자의 얼굴에는 자신이 한 말이 진실임을 증명하듯 실제로 죄스런 빛이 가득했다.

"으음……. 어쨌든 자네가 맞다는 말이구먼. 그렇다면 내 더는 자네를 가볍게 상대하지 않겠네."

"저도 원하는 바입니다."

또다시 두 사람이 어울릴 준비를 하고 있었다.

진송하는 그들을 바라보며 생각에 잠겼다.

'저분들은 자신의 검과 도를 어떻게 생각하고 있을까? 당연히 검을 검으로, 도를 도로 바라보는 경지는 이미 넘으셨겠지?'

묵경자는 검을 검으로 보는 단계가 바로 시작이라고 했다.

그리고 어설프게나마 몽계에서 검을 만들어 내었으니, 진송하는 현재 그 시작점에 자리 잡고 있다고 볼 수 있었다.

그렇다면 이미 저들은 그런 단계를 한참 지났을 터.

그렇기에 진송하는 어쩌면 이번 비무가 그리 큰 도움이 되지 않을지도 모른다는 생각이 들었다.

하지만 이내 그런 생각을 머릿속에서 지워 버리며 생각했다.

'아니야. 저런 경지를 봐 두는 것도 분명 도움이 될 거야.'

그때 두 사람이 동시에 움직이기 시작했고, 진송하는 생각을 멈추고는 다시금 그들의 비무에 집중하기 시작했다.

"태천병탄(太天併吞)."

횡횡횡횡—!

소천중이 도를 세우더니 맹렬히 휘두르며 앞으로 돌진했다.

도면을 보이며 휘두르고 있었기에 바람의 영향을 심하게 받을 터.

그런데도 도의 움직임은 전혀 그런 것에 영향을 받지 않는다는 듯 빠르고 강맹했다.

더구나 그런 와중에도 묵직함을 지니고 있으니, 일순간 묵포자도 그 위력에 당황해야 했다.

'태천병탄. 분명 흡자결을 이용해 상대방의 병기를 부수는 초식이라 들었다.'

철혈도제의 명성이 워낙 드높다 보니, 처음 보는 초식임에도 묵포자는 그 특징을 알 수 있었다.

하지만 그렇다고 무언가 특별한 대책이 마련된 것은 아니었다.

삼절황검이 괜히 패도적이라는 말을 들으며 무당 내에서 버림받은 것이 아니다.

애초에 상대방의 반응은 완전히 무시한 채 검과 검을 든 자의 모든 힘을 이끌어 내어 밖으로 표출하는, 극렬하기에 더욱 위험스런 검공이었기 때문이다.

'상대가 강하면, 나는 더 강하게 나가면 된다.'

"검극관세(劍極貫世)."

우우우우웅—!

마치 소천중이 처음 태천장구를 펼칠 때처럼, 묵포자 주위의 대기가 요동치기 시작했다.

하지만 조금 전 찰나의 순간 동안 당황한 것이 문제였다.

어느새 소천중이 코앞까지 접근해 왔기에 검에 끝까지 힘을 담아내지 못한 채 초식을 펼쳐야 했던 것이다.

슈슈슉!

소천중의 태천장구가 도강으로 만들어 낸 면이었다면, 묵포자의 검극관세는 검강으로 만들어 낸 점이었다.

가공할 힘이 담긴 검이 소천중의 가슴을 정확히 노리고 찔러 들어갔다.

하지만 이를 바라보는 소천중의 눈빛에 당황한 기색은 찾아볼 수 없었다.

'흐음? 이 정도면 품을 수 있겠군!'

소천중이 조금의 망설임도 없이 자신의 가슴을 꿰뚫으려 다가오는 검을 향해 몸을 날렸다.

쉐에에에엥—!

도와 검이 서로를 향해 무시무시한 속도로 가까워졌다.

하지만 아직도 강맹한 움직임을 보이는 소천중의 도와 비교하면, 묵포자는 검을 제대로 가누지 못해 팔을 심하게 떨고 있었다. 검을 찌른다기보다 앞으로 튀어 나가는 검을 억지로 붙잡고 있는 모양새였다.

콰앙!

곧이어 거대한 소음이 일고, 두 사람이 서로를 스치며 지나갔다.

타탁.

소천중이 자신의 도를 등 뒤로 꽂아 넣으며 말했다.

"이로써 잘려진 내 장포에 대한 답례는 한 셈이군."

"……."

이에 묵포자는 말없이 자신의 검을 씁쓸한 얼굴로 바라봤다.

쩌적.

검 한가운데가 갈라지기 시작하더니, 이내 정확히 반토막이 나 버린 것이다.

장포와 검을 비교하기에는 분명히 무리가 있었다.

하지만 아무리 묵포자가 과거에 유명세를 탄 적이 있다
하나, 철혈도제의 명성에는 미치지 못했다. 이를 고려하자
면 소천중의 말은 그리 틀리지 않다고 볼 수 있었다.

어찌 되었든 검을 못쓰게 되었으니 묵포자의 패배였다.

하지만 뒤바뀐 자리에서 등을 보이고 서 있던 묵포자는
곧 몸을 돌려 소천중을 여전히 무심한 얼굴로 바라보며 입
을 열었다.

"아직 끝나지 않았습니다."

쏴아아앙!

갑자기 반토막 난 그의 검에서 찬란한 빛이 뿜어져 나오
기 시작했다.

그리고 그 빛이 모여들더니, 곧 온전한 검의 형태를 만들
어 내었다.

초식으로 만들어 낸 것이 아닌, 진정한 검강(劍罡)을 선
보인 것이다.

이는 곧 묵포자가 완전한 화경의 경지에 이른 고수라는
증명이었다.

"으음……."

이를 굳은 얼굴로 바라보던 소천중은 손가락이 간지러운
것을 참느라 애써야 했다.

그 역시 묵포자와 마찬가지로 순수한 도강을 만들어 낼
능력이 있었다.

하지만 그는 그러지 않고 고개를 돌려 멀찍이 떨어져서 자신들을 바라보고 있는 네 아이를 바라봤다.

그리고 다시금 고개를 제자리로 돌려 묵포자를 바라보았다.

어느새 묵포자의 검강이 사라지고 반토막 난 검신만이 남아 있었다.

묵포자도 뒤늦게 소천중의 행동을 통해 깨달은 것이다.

진정한 강기끼리 충돌한다면, 정말 주변의 경관이 변할 정도로 어마어마한 여파가 미칠 터였다. 저기에 있는 아이들 정도는 흔적도 없이 사라질 것이란 걸 깨달은 것이다.

묵포자의 얼굴에는 아직도 미련이 짙게 남아 있었지만, 결국 공손히 포권을 해 보이며 소천중에게 말했다.

"오늘의 가르침은 가슴 깊이 새기겠습니다."

그 말에 소천중이 말없이 마주 포권을 해 보이면서도 속으로 생각했다.

'클클. 어째 담아 뒀다가 다음에 또 덤비겠다는 말로 들리는군.'

그가 소문으로 들은 삼절마검은 검에 미친 자였다.

도사라고는 믿기지 않을 정도로 자신의 검에 집착하고, 자비를 찾아볼 수 없을 정도로 무심히 검을 휘둘러 마검(魔劍)이란 칭호를 얻은 것이다.

'뭐, 그렇다고 내가 무서워할 이유는 없지.'

비록 서로의 끝을 구경하진 못했지만, 소천중은 자신이

질 것이란 생각을 전혀 하지 않았다.

물론 묵포자의 태도로 보아, 그 역시 소천중과 같은 생각을 하는 것이 분명했다.

'언젠가는 결착을 내야겠군.'

두 사람이 마주 보며 눈을 빛냈다.

◑

소천중이 소소영과 함께 먼저 조천궁으로 향했다.

소소영이 떠나면서 애틋한 눈빛을 송암에게 보냈다.

하지만 송암은 그녀를 무시하며 묵포자에게 다가가 말했다.

"검을 새로 만드셔야겠습니다. 제가 백운촌의 장 노인에게 갔다 오겠습니다."

무당 내의 진검은 예전부터 웃대로부터 전해져 내려오는 검이 아니라면, 모두 장 노인의 손에서 만들어졌다. 묵포자의 반토막 난 검 역시 장 노인의 작품이었다.

한데 뜻밖에도 묵포자의 고개가 가로저어졌다.

"되었다. 나는 아직 이 검을 버릴 수 있는 경지에는 오르지 못했구나."

알아듣기 어려운 말이었다.

결국 반토막 난 검을 앞으로도 계속 쓰겠다는 말이 아

닌가?

진송하는 의문스런 표정을 지으면서도 섣불리 입을 열지 못했다.

그때 송방이 한 걸음 앞으로 다가서며 묵포자에게 물었다.

"사숙조님. 그게 대체 무슨 말씀이시죠?"

송암은 다른 경우라면 버릇이 없다며 송방을 나무랐겠지만, 이번만큼은 그 역시 궁금함을 참기 어려웠기에 잠자코 묵포자의 얼굴을 주시했다.

물론 잔뜩 궁금한 얼굴로 묵포자를 바라보는 것은 진송하도 마찬가지였다.

세 아이가 자신을 뚫어지게 바라보며 무언의 압박을 가하자, 묵포자가 드물게 희미한 미소를 입가에 지으며 입을 열었다.

"신검합일(身劍合一). 나와 검이 하나 되는 경지에 이르게 된다는 건, 손에 든 검이 곧 내 몸이라는 말이다. 그런데 다른 검을 쥔다면, 타인의 몸을 빌어 쓴다는 것과 마찬가지가 아니겠느냐. 그보다는 반토막이 났더라도 내 검을 쓰는 것이 나은 게지."

"그렇다면 그 검을 버릴 수 있는 경지란 무엇을 말함입니까?"

결국 송암도 참지 못하고 그리 질문했다.

묵포자는 질문이 마음에 드는지 여전히 입가에 미소를

지은 채 설명했다.

"더는 검에 구속받지 않는 경지를 말함이다. 이런 경지에 이르면, 길가의 나뭇가지나 나뭇잎조차도 곧 검으로 부릴 수 있게 되지."

이번에는 세 소년도 들어 본 바가 있는 듯 동시에 고개를 끄덕거렸다.

그리고 이번에는 진송하가 질문을 했다.

"결국 검을 검으로만 바라보고 나서는, 검과 자신이 하나가 되어야 하고, 거기서 더 나아가려면 결국 검을 버려야 한다는 말인가요?"

묵포자의 입에서 신검합일이란 말이 나왔기에, 아까 묵경자에게 들은 검에 대한 강론이 떠오른 것이다.

진송하의 질문이 예상외였던 것일까?

묵포자가 진송하를 바라보며 이채를 발했다.

"으음…… 검을 검으로 본다라……. 그런 경지가 시작임은 옳은 말이다. 하지만 거기서 신검합일의 경지에 오르기까지는 무수히 많은 깨달음과 노력이 필요하다. 삼류 무사 중에서도 검을 검으로 볼 줄 아는 자들은 즐비하다. 그런데 신검합일에 이르는 건 보통 화경에 이른 자들이지. 그러니 그 중간에 얼마나 많은 깨달음과 노력이 기다리고 있겠느냐? 검을 버리는 경지에 관해서는 나도 도달하지 못한 경지다 보니, 뭐라 말해 줄 수가 없겠구나."

결국 묵포자와 진송하의 사이에는 어마어마한 격차가 존재하고, 이를 극복하려면 무수히 많은 깨달음과 노력이 필요하다는 말이었다.

'역시 나는 아직 멀었구나……'

진송하는 묵포자의 말을 통해서 삼류 무사도 알고 있는 것을 오늘에서야 깨우쳤다는 사실을 알게 되자 다시금 부끄러운 기분이 들었다.

하지만 묵포자가 언급한 삼류 무사는 단순한 삼류 무사가 아닌, 대문파의 제자가 아닌 자들을 일컬었다. 비록 대문파의 비전 절학을 익히지 못해 실력은 상대적으로 떨어지나, 오랜 강호 경험을 통해 연륜을 쌓고 깨달음을 얻어서, 검을 검으로 바라볼 수 있는 경지에 올라 절대 약하지 않은, 결코 녹록치 않은 자들 말이다.

어쨌거나 검을 검으로 바라볼 수 있다는 것만으로도 검에 상당한 조예를 지니고 있다고 평할 수 있었으니, 묵포자는 생전 처음 본 진송하에게 관심을 가질 수밖에 없었다.

"도호가 어떻게 되느냐? 사부는?"

"예?"

진송하는 묵포자의 갑작스러운 물음에 순간 당황했다.

하지만 이내 신색을 되찾고는 고개를 숙이며 답했다.

"아, 예. 저는 진송하라고 합니다. 아버지의 도호는 현은이지만, 지금은 묵경 사숙조께 가르침을 받고 있습니다."

묵포자는 묵경자에게 가르침을 받고 있다는 말만 알아들었을 뿐, 그 앞의 말은 전혀 이해하지 못했기에 되물을 수밖에 없었다.

"진송하? 아버지?"

도복을 입고 있으니 문하생도 아닐 터인데, 왜 도호에 성이 붙는지, 또 어째서 현은이 아버지인 것인지에 대한 의문이었다.

하지만 거기에는 워낙 기나긴 사정이 담겨 있었다.

그렇기에 진송하는 섣불리 입을 열지 못했다.

결국 송암이 나섰다.

"제가 나중에 암자로 돌아가서 말씀드리겠습니다."

묵포자도 대충 이 자리에서 듣기 어려운 사정임을 눈치채고는 그저 고개를 끄덕였다.

그리고는 별말 없이 송암과 함께 머물던 암자로 떠났다.

그렇게 이곳에는 비무가 남긴 흔적과 함께 진송하와 송방만이 남게 되었다.

"……아직도 꿈만 같다."

마치 꿈이 아닌 현실이었다는 걸 뇌리에 각인시키려는 듯, 평지에 남은 흔적들을 바라보며 송방이 말했다.

"……."

진송하는 말이 없었다.

"뭐? 마음을 바꿔?"

소천중은 어이가 없어 맞은편에 앉은 묵유자에게 그리 되물을 수밖에 없었다.

아버지를 찾겠다고 그리 열성적으로 굴던 게 겨우 며칠 전인데, 그새 마음이 돌아섰다니?

커다란 덩치에 어울리지 않게 얼빠진 얼굴을 한 소천중의 모습에 묵유자는 속으로 고소를 머금으며 입을 열었다.

"아직 산을 나서기에는 너무 어린 나이이지 않나. 좀 더 자신을 단련할 필요를 느낀 모양이네."

"아니, 누가 그 핏덩이의 힘이 필요하다던가? 내가 같이 간다고 하지 않았나!"

"아무리 자네가 보호해 준다고 해도, 적이 누군지, 얼마나 되는지도 모르는 상황에서 섣불리 행동할 수는 없는 일이지 않나."

물론 그럴 수도 있다. 하지만 그런 생각을 진송하란 아이가 했다?

소천중의 눈이 자연스레 게슴츠레하게 변했다.

"그건 자네 생각이고. 그 어린아이가 그런 생각을 했을 리는 없을 텐데? 뭔가? 결국 자네가 말린 건가?"

말리고야 싶었지만, 자신이 말린 건 아니었다. 그래서 묵유자는 평온한 얼굴로 말했다.

"내가 아니라 송암, 그 아이가 말린 모양일세. 자네도 그때 그 자리에 있었으니 알 테지. 관건의 예 때 대사형이 되기로 내정된 아이이지. 벌써부터 대사형 노릇을 한 모양 이야."

부르르.

소천중이 몸을 떨었다.

송암이란 이름이 들릴 때마다 어째 자신의 심기를 계속 괴롭히는 것 같은 기분이 들었기 때문이다.

소소영과의 일만으로도 인상이 최악이었건만, 더욱이 이 번 일까지…….

"그 뺀질한 놈, 정말이지 하나부터 열까지 마음에 드는 것이 없구나!"

대리 만족을 위해 묵포자와 비무를 하여 망신을 주려던 계획도 묵포자의 예상외의 실력으로 말미암아 수포로 돌아 간 마당이었기에 소천중은 더욱 화가 났다.

그러한 사정을 알 길이 없는 묵유자는 별다른 표정 없이 말했다.

"어쨌든 송하의 나이 겨우 열다섯일세. 또한 아직 자세 한 걸 밝힐 수는 없지만, 우리 무당 내부의 일 때문에라도 그 아이는 당분간 무당에서 나서기가 어렵다네."

"……그래서, 결국 자네 제자를 이대로 버려두겠다는

건가?"

물론 그럴 리는 없었다.

묵유자는 이미 생각해 둔 것이 있는 듯 주저하지 않고 입을 열었다.

"우리는 우리대로 계속 알아볼 테니, 일단은 지금처럼 자네도 계속 수고해 주게. 사실 송하를 요구하는 건, 그 아이들이 자의로 연락을 끊고 있다는 가정하에서 현은의 마음을 돌리기 위함이 아니던가? 그러니 아이들의 행적을 찾아내고 나서 송하가 찾아가도 늦지 않을 터. 자네가 그들을 찾아낸다면, 그때는 나도 송하가 나서는 것을 말리지 않겠네."

"으음……."

충분히 일리가 있는 말이었다.

소천중은 잠시 생각하는가 싶더니, 결국 고개를 끄덕일 수밖에 없었다.

三章

자신의 검을 구하다

획획.

진송하는 여느 때처럼 몽계에서 열심히 검을 휘두르고 있었다. 꽤 오랫동안 그러고 있었는지, 어느새 도복이 땀으로 흠뻑 젖어 있을 정도였다.

분명 보기 좋은 광경이어야 했다.

하지만 이를 바라보는 묵경자의 표정은 결코 좋지 못했다.

묵경자는 잠시 후 고개를 돌려 어느 한곳을 바라봤다.

'대체 무엇이 문제인가…….'

그가 바라보는 것은 아직까지도 좌우로 나뉘어 있는 몽계의 미세한 경계였다.

'분명 태극권으로 말미암아 송하의 태극심법이 조화로워 질수록 경계가 옅어지고 있었다. 그러던 것이 어느 순간부터 더는 변화를 일으키지 않는다. 태극검을 가르쳤는데도 그 어떤 변화도 오지 않고 있구나.'

묵경자는 답답한 마음을 금할 수 없었다.

어서 빨리 태극검을 복원시켜 무당에게 전해 준 뒤 북경으로 돌아가야 하는데, 일이 자꾸 미뤄지는 까닭이다.

또한 다른 문제도 있었다.

진송하는 며칠 사이 무엇에 자극을 받은 건지 온종일 수련에만 몰두했고, 어느새 태극검의 초식을 모두 익혀서 펼치고 있었다.

그런데 태극권과 다르게 태극검의 초식은 너무도 심하게 변질이 되어 있었다.

그에 대한 증거로 진송하가 태극검을 펼치고 있는 지금, 바람이 중구난방으로 전혀 규칙성이라고는 찾아볼 수 없을 정도로 흉하게 불어 대고 있었다.

'……이리 엉망이었던가?'

묵경자는 도대체 어디부터 어떻게 고쳐야 할지 감도 잡을 수 없어 망연한 시선으로 진송하를 바라봤다.

'이건 아니야.'

묵경자 못지않게 진송하도 온몸으로 느끼고 있었다. 소천중과 묵포자의 비무를 본 후였기에 더더욱 확실하게 느껴졌다.

'그분들의 초식은 신검합일이란 말에 그 이상 어울릴 수 없을 정도로 자연스러웠어. 하지만 이건 마치 몸에 맞지 않는 옷을 입은 기분이야.'

순간 태극검이 아닌, 다른 검법을 배우고 싶다는 욕망이 일었다. 그 정도로 자신이 현재 펼치고 있는 초식이 형편없게 느껴졌기 때문이다. 정말 계륵이라는 말이 더할 나위 없이 어울리는 무공이란 생각이 들었다.

덕분에 어느새 본인도 모르는 사이, 묵포자와 송암의 삼절황검이 진송하의 머릿속에 그려졌다. 심지어 검법도 아닌데 소천중의 태천탄세도도 떠올랐다.

오로지 무(武)의 극의(極意)만을 좇던 삼절황검.

정말 하늘을 삼킬 것 같은 기세를 지녔던 태천탄세도.

모두 지금 펼치고 있는 태극검보다 심후하고 강한 위력을 지닌 무학들이었다.

그때 갑자기 묵경의 호통 소리가 진송하의 귀를 자극했다.

"대체 무슨 생각을 하는 것이냐!"

깜짝 놀라 정신을 차리고 보니, 어느새 자신의 생각에 영향을 받아서 태극검이 더욱 부자연스러워져 있었다.

'아차!'

진송하는 결국 움직임을 멈추고는 묵경자에게 고개를 숙

여 보이며 말했다.

"죄송합니다. 너무 답답해서 그만……."

"……네가 든 검을 보거라."

뜬금없는 말에 진송하가 의혹 어린 시선으로 자신이 들고 있는 검을 내려다봤다.

"아!"

검이 흐릿해져 있었다.

그러고 보니 손에 닿은 촉감도 옅어진 것 같은 느낌이 들었다.

내내 휘두르고 있을 때 이를 눈치채지 못하고 있었다니…….

그만큼 정신이 딴 데 가 있었다는 말이었기에 진송하는 부끄러워 얼굴을 붉힐 수밖에 없었다.

그런 진송하를 향해 묵경자가 굳은 얼굴로 말했다.

"검을 검으로 바라보라 말했다. 여기서 말하는 검은 바로 너의 검이지, 다른 자의 검이 아니라는 걸 정녕 모르겠느냐?"

묵경자의 말에 며칠 전 들은 묵포자의 말이 겹쳐져서 들렸다.

"신검합일(身劍合一). 나와 검이 하나 되는 경지에 이르게 된다는 건, 손에 든 검이 곧 내 몸이라는 말이다. 그런

데 다른 검을 쥔다면, 타인의 몸을 빌어 쓴다는 것과 마찬
가지가 아니겠느냐. 그보다는 반토막이 났더라도 내 검을
쓰는 것이 나은 게지."

'반토막이 나더라도 자신의 검이 낫다⋯⋯.'
그 말은 단순히 검뿐만이 아닌, 검법에도 해당하는 말이
었던 것이다.
진송하가 이번에는 진심을 담아 묵경자에게 고개를 숙였
다.
"죄송합니다."
"⋯⋯되었다. 오늘 수련은 이걸로 마치자꾸나."
묵경자의 굳은 얼굴은 펴질 줄 몰랐다. 진송하의 잘못이
라기보다, 자신이 떠맡은 일이 하나같이 풀리지 않아 답답
했기 때문이다.

◐

"쩝."
진 노인은 서고에 마주 보고 앉아 있는 진송하와 묵경자
를 바라보며 입맛을 다셨다.
송암이 무슨 조화를 부린 것인지, 진송하는 더는 현은을
찾아 떠나겠다고 고집을 피우지 않았다.

하지만 진 노인이 이에 기쁨에 젖은 것도 잠시였다.

이전부터 고집을 부려 명진암이 아닌 이곳 진선각에서 수련을 하게끔 만들었는데, 저렇듯 가부좌를 틀고 앉아 몽계에 가 수련을 하면, 대체 명진암에서 수련하는 것과 진선각에서 수련하는 것에 무슨 차이가 있겠는가?

'에휴!'

더구나 진송하가 현은을 찾으러 가는 일을 포기한 것까지는 좋았는데, 비슷한 시기에 갑자기 아침에 깨서 밤에 잠들기 전까지 종일 몽계에서 수련에만 매진하고 있었다.

자신과 함께 어울리며 도경을 손에 들고 이것저것 묻고 답하면서 지내면 얼마나 좋을까 하는 생각에 진 노인은 속으로 한숨을 내쉬어야 했다.

'에구구. 이거야 원. 손자 녀석을 빼앗긴 것 같아 기분이 그리 좋지 않구나.'

몽계 내에서도 밖의 소리가 들린다 하여 수련을 방해하지 말라고 했기에 진 노인은 지금처럼 소리 한 번 마음대로 못 지르고 속으로 앓아야 했다.

"응?"

진 노인이 놀라 눈을 크게 떴다.

갑자기 묵경자가 자리에서 일어났기 때문이다.

뒤따라 맞은편에 앉아 있던 진송하도 일어났다.

하지만 묵경자는 화라도 난 듯 굳은 얼굴이었고, 진송하를 쳐다보지도 않은 채 진선각 밖으로 나가 버리는 것이 아닌가?

몽계에 들어간 지 아직 한 시진도 지나지 않았는데 일어난 것도 이상했지만, 묵경자의 태도 역시 이해가 가지 않았다.

결국 진 노인은 홀로 남은 진송하에게 다가가 물었다.

"무슨 일이 있는 게냐? 어째서 벌써 일어난 것이냐?"

"제가 실수를 했거든요."

"실수? 으음……."

실수를 한 것이야 안타깝기 그지없었지만, 진 노인은 오히려 눈을 빛냈다.

어쩌면 자신이 끼어들 여지가 있을지도 모른다고 생각한 것이다.

"무슨 실수를 한 것이냐? 이 할아비에게 말해 보거라."

"휴우! 사실은 그게……."

이에 진송하가 잠시 고민하는가 싶더니 이내 한숨을 내쉬며 몽계에서 있었던 일과 소천중과 묵포자가 비무를 벌인 일, 그리고 하는 김에 송암과 비무를 벌인 일까지 모조리 이야기했다.

물론 끝에 비밀에 부쳐 달란 말도 잊지 않았다.

'고 녀석이 어떻게 우리 손자의 마음을 돌렸는지 궁금했

는데, 참으로 과격한 방법을 썼구나.'

송암의 방법이 효과는 확실했지만, 부수적인 결과가 그리 맘에 들지 않는 진 노인이었다.

아직은 진송하가 자신에게 어리광을 피우기를 바랐건만, 덕분에 갑자기 어른으로 성장해 버린 것이다.

'강해지고 싶다라……. 거참, 이제는 다른 도사 놈들과 같은 생각을 가지게 되었군.'

진 노인이 무당의 도사를 도사로 인정하지 않는 이유가 바로 도사가 도가 아닌 검에 미쳤기 때문이다.

한데 진송하가 바로 그들과 같은 생각을 하고 있으니, 착잡한 마음을 금할 길이 없었던 것이다.

결국 묵경자나 진 노인이나 무당과 무당의 도사들을 바라보는 시각은 비슷하다고 볼 수 있었다.

하지만 바라보는 시각은 같아도, 받아들이는 마음은 달랐다.

"검을 검으로 본다라……. 너는 정말 그리 생각하느냐?"

"네."

진 노인의 말에 진송하는 별 고민도 않고 답했다.

진 노인은 그것이 아니라는 투로 물은 것 같았지만, 무공을 전혀 모르는 진 노인의 말보다는 묵경자와 묵포자의 말이 더욱 신빙성 있게 느껴지는 것이 당연했기 때문이다.

진 노인이 혀를 차며 재차 말했다.

"쯧쯧. 그새 잊은 것이냐?"

"네? 무엇을요?"

진송하는 자신이 무엇을 잊었기에 진 노인이 혀를 차는 것인지 몰라 어리둥절했다.

그 모습에 진 노인이 다시금 혀를 차며 말했다.

"쯧쯧. 도가도비상도(道可道非常道)!"

"에이, 그걸 잊을 리가 있나요."

도덕경의 구절이기 때문이 아니라, 태극심법의 첫 구절에 오는 말이기도 했기 때문에 잊을 리가 없었다.

하지만 진 노인은 그것이 아니라는 듯 고개를 가로저었다.

"말은 잊지 않은 모양이다만, 뜻은 잊었구나."

"뜻을요? 아!"

진송하가 눈을 크게 뜨며 연이어 외쳤다.

"검을 검으로만 보면, 그것은 검이 아니다!"

진송하의 대답에 진 노인이 대견하다는 듯 흐뭇한 미소를 머금으며 말했다.

"묵경 녀석이 한 말도 옳다. 검은 검으로 보아야겠지. 하지만 너무 거기에 집착하다 보면, 결국 네가 보는 검은 더는 검이 아니라, 네가 될 것이다."

"……그것은 신검합일의 경지를 말하는 것인가요?"

설마 잘못된 길이 신검합일의 경지로 이어진다는 것일까?

하지만 진 노인이 말하는 바는 그것이 아니었다.

"아니, 아니다. 신검합일이라……. 그것은 검과 네가 하나가 되는 것을 말하는 것이겠지? 하지만 내가 말하는 것은 검을 검으로 보려고만 한다면, 오히려 검은 검이 아니라, 검에 집착하는 네가 되어 버린다는 뜻이다. 그리되지 않기 위해서라도 무위를 품어야 하는 것이지."

진송하는 머릿속이 개운해지는 걸 느꼈다.

즉, 검을 검으로 봐야 할 때, 그것에만 너무 집착하지 말라는 말이었다.

'결국 균형과 조화가 중요하단 거구나!'

이는 진송하가 현재 겪는 문제를 관통하는 가르침이었다.

진송하가 밝은 얼굴로 진 노인을 바라보며 외쳤다.

"할아버지, 고마워요!"

그러고는 다시금 자리에 앉더니 도덕경이 든 목함을 다리 위에 올려놓고는 눈을 감아 버린다. 다시 몽계로 들어가 지금 느낀 바를 실행에 옮기려는 것이다.

'쩝. 괜히 가르쳐 줬나?'

자신은 오순도순 조손 간의 이야기를 나누고 싶었는데, 영특해서인지 곧바로 깨달아 버리고는 다시금 몽계로 들어가는 모습을 보니 아쉬움이 들었다.

진송하의 모습을 바라보던 진 노인은 자신이 괜한 짓을 한 것 같다고 후회했지만, 그가 진정으로 깊이 후회를 하는 건 조금 시간이 흐른 뒤였다.

●

홀로 몽계에 들어선 진송하는 발아래 놓인 우스꽝스런 검을 바라보았다.

"……웬만하면 그냥 사라져 주지."

실존하는 검이 아니었기에 그리 마음속으로 빌어 봤지만, 검은 여전히 남아서 진송하의 속을 긁어 댔다.

"에휴, 어쩔 수 없나?"

결국 몸을 숙여 검을 집어 든 진송하는 두 눈을 감고 조심스러운 손길로 검을 만져 댔다.

스슥.

촉감이 생생하게 살아 있었다.

방금 전 진 노인의 말을 통해 망설임이 사라졌기 때문일까?

눈으로 봤을 때도 묵경자와 함께 있을 때처럼 검이 흐릿해 보이지도 않았고, 촉감도 원래대로 돌아와 있었다.

하지만 진송하가 바라는 건 그것이 아니었다.

"검은 검이다. 검은 검이 아니다. 검은 검이다. 검은 검이 아니다……."

어릴 적 처음 진 노인에게서 도덕경에 대한 가르침을 받았을 때, 도가도비상도란 말을 이해하기 어려워 하자 진 노인이 가르쳐 준 방법이었다.

대상을 향해 마음속 깊은 곳에서 긍정과 부정을 연달아 되뇌면, 어느 순간 그 대상에 대해 객관적인 시각을 가질 수 있다고 가르쳐 줬었다.

그리고 실제로 진송하는 당시 그 방법을 활용해서 도가도비상도란 말을 이해할 수 있었다.

진송하는 지금 그때의 방법을 도(道)가 아닌 검(劍)에 적용시키고 있었던 것이다.

"검은 검이다. 검은 검이 아니다. 검은 검이다. 검은 검이 아니다……."

얼마나 되뇌었을까?

어느 순간 진송하는 자신이 검을 쥐고 있는지, 쥐고 있지 않은지 자각하지 못할 정도가 되었다.

지금까지 이런 방법으로 사물을 바라봤을 때와는 다른 상황이었다. 객관적으로 바라보는 것을 넘어 대상의 존재 자체를 의식하지 않기에 이른 것이다.

진 노인의 말과 지금까지 여러 사람에게 받은 가르침이 맞물려 새로운 깨달음에 도달한 것이다.

여전히 눈을 감고 있었기에 느끼지 못했지만, 어느새 쥐고 있던 검은 점점 희미해지더니 결국 완전히 사라져 버렸다.

물론 이런 현상 자체가 가상의 세계라 할 수 있는 몽계였기에 가능한 일이었겠지만, 진송하의 머릿속에 어떤 변화가 찾아온 것만은 분명했다.

자신의 손에 검이 있다는 걸 아는지 모르는지, 진송하는 그 상태에서 검을 휘두르듯 팔을 휘둘렀다.

스윽.

초식 따윈 찾아볼 수 없는 자연스런 휘두름이었다.

휘이잉.

가로로 휘두르고, 대각선으로 휘두르고, 정면을 향해 찌르는 동작에 맞춰 몽계에 순풍이 불었다.

진송하는 아무 생각 없이 오로지 허공을 베고 찌르기를 반복할 뿐이다.

같은 동작을 반복하는 것처럼 보이지만, 시간이 지날수록 점점 움직임이 몸에 밴 듯 자연스러워져 갔다.

착각일까?

순간 진송하의 손에 희미하게 검의 윤곽이 보였다.

하지만 다시금 펼치자 사라져 버렸다.

그리고 또 한참이 지나서야 약간의 윤곽이 보이기 시작했다.

그렇게 얼마의 시간이 흐른 것일까?

진송하는 어느새 태극검의 초식을 펼치기 시작했다.

아마 며칠 사이 몸에 밴 동작이다 보니 의식하지도 않은 사이에 자연스럽게 펼쳐진 것이리라.

총 육십사 식으로 이루어진 태극검.

워낙 많은 사람의 손을 거치며 변질되었기 때문인지 처음부터 끝까지 펼치는 데 보통 한 식경은 걸릴 정도로 복잡했다.

그런데 예순네 개의 식을 끝낸 진송하가 다시 펼쳤을 땐, 시간이 조금이나마 단축되어 있었다.

빠르게 펼쳤기 때문이 아니었다. 초식의 일부가 사라진 탓이다.

무의식중에 바람의 영향을 받은 것일까?

문제는 불편한 초식이 고쳐진 것이 아니라, 아예 사라졌다는 점이었다.

진송하는 집중하고 있는 와중에도 자신이 몇 개의 초식을 빠뜨렸다는 걸 느꼈지만, 의식하지 않으려 애쓰면서 다시 처음부터 태극검을 펼치기 시작했다.

그런 식으로 네 번을 더 펼치자, 어느새 육십사 식 태극검은 삼식육 식으로 줄어들어 있었다.

그리고 또다시 네 번을 더 펼치니, 이제는 이십사 식으로 줄어들었다.

쉭쉭.

또다시 시간이 흘러 어느새 남은 초식은 단 셋.

그 세 초식도 원래의 초식에서 상당히 간결하게 변해 있었다.

그 동작은 다름이 아니라 처음 진송하가 검을 쥐고 가로로 베고, 대각선으로 베고, 찌르는 동작이었다.

단순한 동작에서 시작한 것이 태극검의 초식으로 변하더니, 이내 다시 단순한 동작으로 돌아온 것이다.

이는 이미 태극검이라 말할 수 없는 지경이었다.

하지만 진송하는 그제야 진정한 만족감을 느낀 듯 미소를 지었다.

태극검을 펼칠 땐 몸에 맞지 않는 옷을 입은 느낌이었다.

그런데 초식이 줄어들수록 그런 답답한 느낌도 같이 엷어지더니, 처음 펼쳤던 동작으로 돌아오자 그런 느낌이 완전히 사라진 것이다.

'조화와 균형.'

진 노인의 가르침이었다.

이것을 태극검에 적용시켜 봤고, 이제 결론을 내렸다.

'나한테 지금의 태극검은 맞지 않아.'

맞지 않는 걸 맞게 만드는 작업을 통해 태극권을 만들었다면, 이번에 진송하는 아예 검법을 잊고 자신만의 검을 만들어 나가기로 마음먹은 것이다.

태극검을 펼칠 땐 전혀 보이지 않던 검의 윤곽도 세 동작을 펼칠 땐 드문드문 보이기 시작했다.

그 뒤로도 진송하는 오로지 세 가지 초식을 반복해서 펼칠 뿐이었다.

얼마나 반복하고 있는지도 몰랐다.

시간이 어떻게 흐르는지도 몰랐고, 그저 휘두를 뿐이었다.

너무도 자연스러운 느낌에 멈춰야 한다는 생각도 하지 못했다.

그때 몽계에서도 놀라운 변화가 일어나기 시작했다.

출렁.

지금까진 진송하의 기의 움직임에 따라 바람만 따라 움직였는데, 이제는 몽계 자체가 일그러지며 진송하의 행동에 반응하기 시작한 것이다.

처음에는 조금의 일그러짐이었지만, 점점 심해지더니, 이내 진송하와 몽계 전체가 함께 일그러졌다.

출렁출렁.

급기야 몽계가 진송하가 되고, 진송하가 몽계가 되었다.

원래 진송하의 몸 안에 구체화된 세계인 몽계가 진송하의 몸과 일체화가 되어 가는 것이다.

어쩌면 지금 이 순간이야말로 진송하가 그렇게 그리던 태극심법의 완벽한 조화가 찾아오는 순간인 건지도 몰랐다.

하지만 진송하는 현재 일어나는 현상을 전혀 인식하지
못하고 있었다.

심지어 시간이 유수와 같이 흐르고 있다는 사실조차도
말이다.

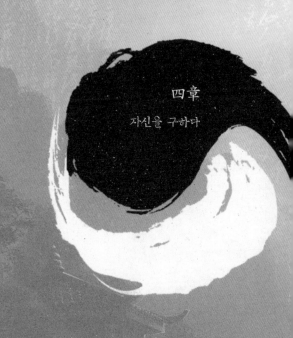

四章

자신을 구하다

짙은 어둠이 무당산을 뒤덮은 지 오래였다.

화려하진 않지만 단아한 분위기의 집무실 안이 촛불에 의해 어둠을 걷어 내고 있었다.

묵유자는 두 눈을 감은 채로 탁자에 앉아 있었다.

그 상태로 찻잔을 만지작거리는 모습이 마치 깊은 생각에 잠겨 있는 것 같았다.

"벌써 오 년이 지났는가……."

그가 장문인의 자리에 오른 지 어느새 오 년이란 세월이 흐른 것이다.

그런데 장문인의 자리에 오르기 전부터 그를 괴롭히던 문제들은 아직도 해결될 기미를 보이지 않고 있었다.

첫째로 현은과 소남화의 행방이 아직도 묘연했다.

사실 이제는 두 사람이 살아 있을 거라는 확신도 서지 않았다.

소천중은 아직도 포기하지 않고 있는 모양이었지만, 객관적으로 생각해 봤을 때 그들이 지금까지 살아 있을 가능성은 희박해 보였다.

"하지만 그렇다고 그냥 넘어가지는 않을 것이다."

갑자기 묵유자의 눈에서 시퍼런 광망이 피어올랐다.

만약 두 사람이 이 세상에 없다면, 그들을 그렇게 만든 존재들도 이 세상에 있어선 안 된다고 생각하는 것이다.

도사로서는 품을 수 없는 생각이나, 사부로서 품은 생각이었다.

그리고 이제 그에게는 그럴 만한 힘이 있었다.

그때 집무실 문 밖에서 익숙한 음성이 들려왔다.

"장문 사제, 날세. 들어가도 되겠는가?"

묵경자였다.

바로 묵유자가 해결하지 못하고 있는 두 번째 문제의 실마리를 쥐고 있는 존재 중 하나였다.

묵유자는 급히 표정을 고치고는 입을 열었다.

"예, 어서 들어오십시오."

드르륵.

방문이 열리고 대머리에 결코 잘생겼다고 볼 수 없는 노

도사가 들어왔다.

맞은편 의자에 앉은 그는 시선을 아래로 내리며 말했다.

"저런! 이 밤중에 촛불에만 의지하여 책을 읽은 것인가? 장문 자세의 내력이 심후한 건 알지만, 그래도 세월은 막을 수 없으니, 좀 자중하시게나."

탁자 위에 펼쳐진 책을 보고 하는 말이었다.

이에 묵유자는 그저 쓴웃음을 머금으며 답했다.

"제가 사형도 아니고, 그럴 리가 있겠습니까? 밝을 때 읽던 책이 그냥 놓여 있던 것뿐입니다."

"흐음. 해가 진 지 언제인데, 아직 책을 정리할 생각도 않고 있었다니…… 무슨 고민이라도 있는 건가?"

묵유자는 역시나 사형의 눈썰미가 대단하단 생각과 동시에 진심 어린 말에 가슴이 훈훈해짐을 느끼면서 답했다.

"뭐, 예나 지금이나 제 고민이라는 게 별다를 것이 있겠습니까."

그 말에 묵경자의 얼굴이 무겁게 가라앉았다.

그제야 묵유자는 자신이 별생각 없이 내뱉은 말을 후회했다.

그래서 서둘러 입을 열려는데, 그보다 묵경자의 입이 먼저 열렸다.

"그렇겠지. 그 문제들 때문이구먼. 뭐, 나로서는 부끄러워서 할 말이 없다네."

그 문제.

하나는 현은에 얽힌 문제였지만, 남은 하나는 묵경자와 깊이 관련된 문제였다.

해서는 안 되었지만, 묵유자는 결국 참지 못하고 물을 수밖에 없었다.

"……아직도 깨어나지 않았습니까?"

"……. "

"후우……."

침묵으로 긍정을 대신하는 모습에 묵유자는 어쩔 수 없이 한숨을 내쉬어야 했다.

"미안하네."

"아닙니다. 누차 말씀드리지만, 그게 어찌 사형의 잘못이겠습니까? 그리고…… 사실 지금에 와서는 그것이 과연 문제인지조차 의심스럽습니다."

"문제인지조차 의심스럽다?"

묵경자가 의혹 어린 시선으로 그리 되묻자, 묵유자는 그간 마음에만 담아 두었단 말을 결국 꺼내기로 마음먹었다.

"송하가 그리된 지도 벌써 이 년입니다. 그런데 아직 깨어나지 않을 뿐, 다른 문제는 없지 않습니까? 저도 처음에는 진 노인의 성화에 불안한 마음을 금할 길이 없었습니다만, 지금은 결국 그 아이가 거쳐야 할 시련을 겪고 있는 것이라 생각합니다."

"시련이라……. 언젠가는 깨어나 더욱 성장한 모습을 보여 줄 것이란 말인가?"

"예. 사형은 그리 생각하지 않으셨습니까?"

사실 묵경자도 그런 생각을 했었다.

다만 그가 화를 내며 진선각을 나선 직후에 그런 문제가 일어났기에, 혹여 죄스러운 마음을 씻어 내고자 그런 희망적인 생각을 하는 것이라 자책하면서 억지로 머릿속에서 지워 버렸던 터였다.

"그럴지도 모르지. 하지만 나는 그리 생각할 수만은 없다네."

"……."

묵경자의 심경을 읽을 수 있었기에 묵유자는 더 이상 위로의 말을 건넬 수 없었다.

그래서 서둘러 다른 화제를 떠올리며 입을 열었다.

"태극검의 복원 작업은 잘되어 가고 있습니까?"

"아마 내년쯤이면 대충 구색을 갖출 수 있을 것 같으이."

진송하가 그리된 후, 묵경자는 홀로 몽계의 도움 없이 태극검을 복원하는 데 모든 시간을 쏟아붓고 있었다.

누구보다 뛰어난 학식과 두뇌를 소유한 묵경자였기에, 묵유자는 분명히 내년 안에는 완성된 태극검을 볼 수 있을 거라 확신했다.

그때 묵유자는 묵경자가 이 밤중에 방문한 이유를 아직

말하지 않았다는 사실을 깨달았다.

"아, 그런데 이 시간에 어인 일이십니까?"

묵경자도 그제야 생각났다는 듯이 약간은 상기된 얼굴로 말했다.

"아, 내 우연히 밖의 소식을 들었네. 폐하께서 경태제의 제호(帝號)를 회복시켜 주셨다더군."

천순제는 복위에 성공하자, 그 즉시 경태제의 제호를 폐하였었다. 자신이 오이라트에 포로로 잡혀간 사이, 황제의 자리에 있었던 경태제란 존재를 부인한 것이다.

묵경자의 말은 그런 경태제의 제호를 천순제가 다시금 회복시켰다는 말이었다.

묵유자는 그 소식 자체도 놀랍기도 했지만, 대체 자신도 모르는 소식을 명진암에서 살다시피 하며 태극검의 복원에 애쓰던 묵경자가 어떻게 들었을까 하는 궁금함이 먼저 일었다.

그런 묵유자의 기색을 눈치챘음인가? 묵경자가 말했다.

"제자 녀석이 보낸 편지에 적혀 있었다네."

"제자라면……."

묵유자가 무언가 생각이 날 듯 말 듯하여 그리 말끝을 흐리자, 묵경자가 말했다.

"지명이 말일세."

곽지명(郭知明).

병부주사(兵部主事)를 아버지로 두고, 자신을 스스로 무당의 무기명제자라 칭하던 기품 있는 청년의 얼굴이 오랜만에 묵유자의 머릿속에 흐릿하게나마 그려졌다.

워낙 짧은 만남이었고, 몇 년 전의 일이었기에 묵유자는 뒤늦게 그를 떠올릴 수 있었다.

"사형을 이곳으로 모시고 온 청년 말이군요."

"그렇네. 그 아이가 가끔 소식을 전하고는 한다네."

묵유자는 묵경자가 전한 소식을 통해 그가 태극검을 완성한 직후, 다시 북경으로 떠나리라는 걸 깨달을 수 있었다.

이전에도 전혀 거리낌이 없었으니, 천순제의 심경에 변화가 찾아왔으리라 생각되는 조짐이 보이는 지금은 두말할 나위가 없으리라.

하지만 이는 묵유자가 원하는 바가 아니었다.

"저는 사형께서 계속 무당에 머무셨으면 좋겠습니다."

"이해해 주게나. 내가 하려는 일은 결국 무당의 미래를 위한 일이니 말이야."

'단순한 일이 아닌 희생이지요……'

속으로 그리 말하며 묵유자는 애틋한 시선으로 묵경자를 바라보았다. 그러면서도 재차 무당에 남아 달라는 말을 할 수 없었다.

자신은 제자의 복수(復讐)를 꿈꾸고 있는 순간에, 사형은 대의(大義)를 생각하고 있는 것이다.

부끄러움 마음에 묵유자는 말없이 얼굴을 붉혀야 했다.

진 노인은 화로를 부젓가락으로 휘저어 불씨를 일으키다
가 화로 옆에서 눈을 감고 가부좌를 틀고 앉아 있는 진송하
를 애틋한 시선으로 바라봤다.

진송하를 바라보는 그의 눈에 언제나처럼 눈물이 맺히더
니, 이내 자글자글한 주름을 타고 아래로 흘러내렸다.

"벌써 이 년이다. 그런데 아직도 얻지 못한 게냐?"

진 노인은 진송하가 자신의 말에 무언가를 깨달았단 사
실은 알고 있었다.

하지만 그것이 무엇인지는 몰랐다. 도(道)에는 해박할지
언정, 무(武)에 대해선 무지했기 때문이다.

"나는 도를 깨우치라는 뜻으로 한 말이건만, 너는 그 도
로 무를 깨우치려 했지."

만약 그 길이란 것이 이리도 오래 걸리는 길이었다면, 진
노인은 결코 진송하를 몽계로 보내지 않았을 것이다.

"결국 너도 무당의 도사란 게냐? 그 길이야말로 장삼봉
진인께서 깨우친 길인 것이냐?"

무위만을 품고 도만을 좇았을 뿐, 무는 거들떠도 보지 않

았던 진 노인은 어차피 갈 수 없는 길이었다.

어쩌면 내내 탐탁지 않다는 듯 행동하면서도, 마음 한구석에서 진송하를 통해 그 길을 대신 바라보고 싶었던 건지도 모른다.

하지만 이런 식으로는 아니었다. 손자의 귀여운 눈망울을 이 년 동안 보지 못하는 이런 길을 원한 것은 아니었다.

"네가 다시 깨어난다면, 나는 결코 네 손에 검을 쥐어주지 않을 게다."

나지막하지만 강렬한 원이 담긴 음성이었다.

하지만 진송하는 그의 말을 듣지 못하는지 지난 이 년과 다름없이 미동도 하지 않고 있었다.

☯

도덕경의 가르침 중에 이런 말이 있다.

하늘은 넓고, 대지는 오래 머무른다(天長地久).

하늘과 대지가 넓고 오래 머무는 것은, 자기를 고집하여 살고 있지 않기 때문에 오래 살 수 있는 것이다(天地所以能長且久者 以其不自生 故能長生).

그러므로 성인은 몸을 뒤에 둠으로써 앞에 있게 되고, 밖에 둠으로써 안에 있게 되는 것이다(是以聖人 後其身而身

先 外其身而身存).

이는 곧 자신을 챙기려 하지 않기 때문에 자신을 이루게 된다는 것이다(非以其無私邪 故能成其私).

'비이기무사야 고능성기사…….'

과거 몽 노인이 했던 말을 속으로 되뇌는 진송하였다.

지금껏 자신을 버려야 자신을 이룰 수 있다고 해석했던 말이, 이제는 다르게 다가오고 있었다.

'결국 모든 것은 도가도비상도와 닿아 있었던 것이었어.'

자신을 버리려 애쓰는 마음 자체가 자신을 옭아매고 있었다.

도사는 스님이 아니다. 도교는 불교와 다르다.

자신을 버리는 것은 공(空)이지, 결코 무위(無爲)가 아니었던 것이다.

모든 것은 현재의 자신에게서 시작되어야 했다.

신의 축복으로 이 자리에 있는 것이면서도 아니었다.

송암에게 패했기에 노력하는 것이면서도 아니었고, 친부모에게 버려져서 무당파에 있는 것이면서도 그것이 아니었다.

'내가 지금 이 자리에 있고, 다른 사람이 이 자리에 있는 나를 바라보기 때문에, 내가 있는 것…….'

나를 버리기 전에 내가 되어야 하고, 내가 되려면 나를 보아야 한다.

검을 버리기 전에 검과 하나가 되어야 하고, 검과 하나가 되기 이전에 검을 검으로 보아야 한다.

묵포자와 묵경자가 말한 검의 경지.

결국 검을 도와 같이 보는 것이다.

그것이 바로 무당의 도(道)이고, 그것이 무당의 무(武)인 것이다.

진송하는 과거부터 지금까지 쭉 자신을 버리려고만 애써 왔었다.

그렇기에 몸이 아팠을 땐 그저 몸이 건강해지길 바랐고, 송암에게 패하니 송암을 이기고 싶길 바랐으며, 현은이 없으니 현은을 찾으려 들었다.

자신이 바로 서지 않으니, 언제나 주변의 상황에 휘둘리고 있었던 것이다.

'깨달음의 경지는 멀리 있지 않았어. 바로 지금의 내가 깨달음이자, 곧 깨달음의 시작이야.'

자신을 부정하든 긍정하든, 그것에 의문을 품는 것 자체가 무의미했다.

그저 지금의 자신이 곧 자신이다.

거기에는 그 어떤 미사여구도 필요치 않다.

검 역시 자신을 보듯 그저 검으로 바라볼 자신이 있었다.

어설픈 모형 검을 만들었을 때와는 달랐다.

초식 따위는 잊어버리고, 검을 든 자신과 자신이 든 검을 본다.

그리하여 결국 검을 보는 경지를 이루게 된 것이다.

어느덧 진송하의 움직임이 멈춰 있었다.

천천히 두 눈을 뜬 그는 조심스레 고개를 돌려 한곳을 응시했다.

"드디어!"

좌우로 나뉜 몽계의 경계가 완전히 사라져 있었다.

이는 곧 진송하가 올바른 길을 통해 몽계의 시련을 이겨냈다는 말과 진배없었다.

진송하는 잔뜩 상기된 얼굴로 좌우를 둘러보다 어느 한 방향에 시선을 고정했다.

둔덕에 가려 보이지는 않았으나, 그 너머에 석탁에 앉아 몽로주를 마시고 있는 몽 노인과 그 옆에서 풀잎을 뜯어먹고 있는 설록의 존재를 느낄 수 있었다.

경계가 사라져 몽계가 옛 모습을 되찾자, 그들도 모습을 드러낸 것이다.

진송하는 상기된 얼굴로 그곳을 향해 달음질치기 시작했다.

다다닷!

정적이 감도는 몽계 안에서 그의 발걸음 소리만이 울려

퍼졌다.

쿵쿵쿵!

하지만 얼마 지나지 않아 진송하의 심장 소리 역시 발걸음에 맞춰 뛰기 시작했다.

'드디어 만나게 되는구나!'

둔덕을 하나하나 넘을수록 심장 소리가 점점 커졌다.

그리고 마지막 둔덕을 넘는 순간, 드디어 그의 시야에 시간의 안갯속에 가려져 희미해진 풍경이 모습을 드러냈다.

"메에에!"

갑자기 들린 울음소리에 진송하는 자신도 모르게 흐르는 눈물을 훔쳤다.

금방이라도 눈물을 뚝뚝 흘릴 것만 같은 눈망울을 지녔으면서도, 음흉하고 짓궂은 아이의 마음을 지닌 어린 흰 사슴.

진송하는 그 이름을 힘차게 외쳤다.

"설록아!"

"메에에!"

반가운 얼굴로 울어 댄 설록이 진송하를 향해 단숨에 뛰어오더니 진송하를 향해 안겼다.

"어이쿠! 어어?"

진송하는 눈을 동그랗게 뜨고 두 손을 들었다.

분명 뛰어든 건 설록인데, 진송하의 손에 쥐어진 건 사슴이 아니라 한 자루의 검이었기 때문이다.

자신이 머릿속에 그렸던 어정쩡한 검이 아닌, 일전에 보았던 바로 그 낡은 철검이었다.

"대, 대체 어떻게? 설록은 어딜 간 거지?"

우우웅—!

검이 울어 댔다.

하지만 진송하의 귀에는 그 울림이 내가 바로 설록이라고 주장하는 울음소리로 들렸다.

"……맞아, 네가 설록이었지?"

우웅—!

또다시 검이 살짝 울어 댔다. 이번에는 긍정을 표하는 울음소리였다.

검을 볼 줄 알게 되었다는 말은 어디까지나 은유적인 표현이었다.

그런데 몽계에선 말 그대로 설록이 본모습인 검으로 보이게 된 것이다.

더는 어린 백록을 볼 수는 없겠지만 진송하는 아쉬워하지 않았다. 설록은 앞으로 본모습으로 자신의 곁에 줄곧 머물 것이기 때문이다.

진송하는 오른손에 설록을 쥐고는 석탁에서 여전한 모습으로 몽로주를 마시고 있는 몽 노인에게 다가갔다.

"오랜만에 뵙습니다."

원래라면 그의 말을 무시하고, 계속 술만 마셔 댔을 몽 노인이었다.

그런데 이번엔 예상을 깨고 술잔을 내려놓고는 진송하를 바라보며 미소를 지었다.

괜히 바라보는 것만으로도 마음이 편안해지고, 머릿속이 맑아지는 그런 미소였다.

'과연 이번에는 어떤 가르침을 내리실까?'

진송하는 인사를 건넨 후, 몽 노인을 바라보며 숨길 수 없는 기대감에 재차 심장이 빠르게 뛰는 것을 느꼈다.

"아!"

하지만 그의 예상을 뒤엎고 몽 노인은 아무런 말도 행동도 하지 않았다. 그저 그의 몸이 차츰 희미해져 갈 뿐이었다.

'말도 안 돼! 설마, 더는 배울 것이 없다는 거야?'

비이기무사야 고능성기사(非以其無私邪 故能成其私).

도덕경의 오천 자가량 되는 글자 중에 그것만을 진정으로 이해했을 뿐이다.

하지만 그것은 일부이면서도 전부였던 것이다.

노자(老子), 즉 태상노군(太上老君)의 가르침은 여러 가지이나, 그런 가르침을 내린 존재는 태상노군 단 하나이니, 그 가르침들의 밑바탕이 되는 깨달음 역시 하나라는 의미였다.

'배우는 것이 아니라, 그 모든 것을 꿰뚫는 깨달음이란 것이 바로 이것이구나…….'

지식(知識)이 아닌 사상(思想).

무공에 비유하자면, 배운다는 것이 초식과 이를 응용하는 법을 익히는 것이라면, 깨달음이라는 것은 이전에 묵경자나 묵포자가 말한 검의 경지와 같았다.

송방이 중단전을 이용하는 무학을 깨달음의 무학이라 하여 강호에서 최고로 쳐 준다는 말을 했던 기억이 났다.

'하지만 결국 깨달음의 무학이 따로 존재하는 것은 아니었어. 그 어떤 무학을 익히던지 그 안에서 깨달음을 얻는다면, 그것이 곧 깨달음의 무학이 되는 거야.'

진송하가 하단전이 아닌 중단전에 기운들을 담아 두고 있다고 하여 태극심법이 깨달음의 무학인 것이 아니었다.

말 그대로 깨달아 성취하는 무학인 것이다.

거기에 하단전, 중단전의 구분은 필요치 않았다.

아마도 깨달음의 무학을 강호에 알린 자가 우연히 중단전을 사용하는 무학을 익히고 있었기에 그리 와전된 것이리라.

마침내 몽 노인의 모습이 완전히 사라졌다.

몽 노인은 떠났지만, 진송하는 아쉬워하지 않았다. 앞으로는 설록이 그 모습만을 바꾼 채 자신의 곁에 남을 것이기 때문이다.

자신의 안에 새긴 검은 앞으로 설록의 몸을 빌어 밖으로 표현해 낼 것이다.

진송하는 그 어느 때보다 가벼운 마음으로 몽계에서 빠져나올 수 있었다.

"어? 벌써 밤이잖아?"

점심을 먹고 나서 묵경자와 몽계에서 한 시진 동안 수련을 했고, 그 뒤로 진 노인과 몇 마디의 대화를 나눈 후에 다시 몽계에 들어갔었다.

그런데 자신이 잠깐 검을 휘두르던 사이에 밤이 된 것이다.

생각보다 시간이 많이 흘렀다는 걸 느끼자마자 진송하는 조심스러운 눈빛으로 살며시 주위를 둘러보기 시작했다.

"이거 저번보다 더 오랫동안 머문 거 같은데……."

이전에 이런 일이 벌어질 때면 언제나 묵유자와 진 노인, 송방이 자신을 걱정 어린 시선으로 바라보고 있었다. 그래서 자연스레 취한 행동이었다.

한데 웬일로 주변을 둘러봐도 아무도 보이질 않았다.

그나마 침실로 이어지는 동쪽에 난 문 너머로 진 노인의 숨소리가 들리고는 있었지만, 그것도 약하고 느릿하니, 잠이 든 것이 분명했다.

"으음, 왠지 좀 서운하네. 응? 그런데 이건 언제부터 있었어?"

그의 왼편에 활활 타오르는 화로가 놓여 있었다.

"맙소사! 아니, 불똥이 튀어 화재라도 나면 어쩌라고 이런 데다 이걸 놓으신 거람? 하여튼 할아버지도 유별나시지. 으음, 설마 이 무거운 화로를 혼자 가져다 놓느라 피곤하셔서 먼저 잠드신 건가?"

아직 겨울로 접어들지 않았다는 사실을 떠올린 진송하는 그리 중얼거리다가 고개를 절레절레 저었다.

그리고는 재빨리 화로의 불을 끄고, 조심스레 진 노인의 침실을 지나쳐 자신의 침실인 작은 방으로 들어가 침대에 누웠다.

"아아, 왜 이렇게 졸리지? 마치 몇 년 동안 잠 한숨 안 잔 거 같아."

☯

다음날 아침.

묵유자는 이런저런 생각으로 전날 밤잠을 설친 탓에 이른 아침부터 차를 마시고 있었다.

쿵쿵쿵!

그때 갑자기 커다란 발걸음 소리와 동시에 누군가가 문을 벌컥 열고 들어왔다.

안 봐도 누구인지 알 수 있었기에 묵유자는 그리 놀라지 않고 느긋하게 고개를 들어 들어선 이를 바라봤다. 집무실에 이런 식으로 방문하는 존재는 무당 내에서 단 한 명뿐이었으니 말이다.

당연히 진 노인이었다.

오히려 요 이 년간 진송하의 일로 기운을 잃고 있던 그가 예전처럼 행동하자 묵유자로서는 반가운 마음이 일 정도였다.

하지만 그가 내뱉는 말에는 놀라지 않을 수가 없었다.

"없다! 송하가 없어!"

"예? 그게 대체 무슨 말씀입니까?"

두 사람이 서둘러 진선각으로 향했다.

집무실을 나설 때 사람을 시켜 기별을 넣었기에 중간에 묵경자도 합류했다.

또한 대체 무슨 수로 안 것인지 갑자기 송방도 튀어나와 그들의 뒤를 따르고 있었다.

벌컥!

네 사람이 동시에 진선각으로 들이닥쳤다.

진 노인의 말은 거짓이 아니었다.

이 년 동안 언제나 화로 옆에서 같은 자세로 앉아 있던 진송하가 보이지 않았던 것이다.

"헉! 진짜 없네요?"

작은 눈을 최대한 크게 뜬 송방의 외침이었다.

"대체 이게 무슨 일이란 말인가! 대체 누가? 무슨 목적으로?"

의혹에 가득 찬 묵유자의 외침이었다.

"혹, 현은과 소남화란 아이들을 납치해 간 자들의 짓이 아니겠는가?"

최대한 냉정해지려 노력하며 주변을 두리번거리고 있는 묵경자의 말이었다.

"우리 애가 무슨 죄를 지었다고 그놈들이 이런 짓을!"

망연자실한 얼굴을 한 진 노인의 외침까지 이어졌다.

이후 네 사람은 심각한 얼굴을 맞대고 어찌 된 일인지 추리해 내기 위해 한동안 생각을 나눴다.

그런데 그때 누군가가 송방의 어깨를 툭 치며 말했다.

"송방, 대체 누굴 찾고 있는 거야?"

"누구겠냐, 바로 너지! 히익?"

"……."

"……."

"……."

모두의 시선이 송방의 옆에 선 진송하에게로 향했다.

그들의 표정이 워낙 각양각색이었기에 진송하는 순간 당

황하여 어색한 웃음을 흘려야 했다.

"아, 안녕하세요?"

그나마 제일 빨리 평정을 되찾은 묵경자가 사정을 설명했지만, 진송하는 도저히 그 말을 믿을 수가 없었다.

"에이, 그게 무슨 말씀이세요? 이 년이라니. 그냥 오후에 들어가서 밤까지 있다 나온 것뿐인 걸요."

다들 알고 있는 사실을 홀로 몰라 저러고 있으니, 송방이 답답해서 어른들이 있음에도 끼어들어 말했다.

"뭐야? 기억이 없는 거냐, 너? 이 년 동안 몽계 안에 처박혀 있어 놓고선, 어떻게 겨우 몇 시진 동안의 기억밖에 없을 수가 있어?"

모두의 심정을 대변해 송방이 그리 말했지만, 역시나 진송하는 믿을 수가 없었다.

"송방, 거짓말도 좀 조리가 있어야지. 정말 이 년이 지났다면, 왜 네 키는 그대로야?"

"……마, 망할 자식! 하필이면 키 얘기냐!"

송방이 크게 상처 입은 얼굴로 고개를 숙였다.

분명 이 년이란 시간이 지났는 데도 송방의 키는 거의 변화가 없었기 때문이다.

진 노인이나 묵유자, 묵경자 역시 노인들이다 보니 이 년간 눈에 띄게 변한 부분이 없었다.

그래서 이들은 어떤 일이 있었는지를 묻기 전에, 어떻게 하면 진송하에게 이 년이란 시간이 지났다는 사실을 이해시킬 수 있을지부터 고민해야 했다.

벌떡!

얼마간의 시간이 지나고, 진 노인이 방법을 찾아낸 듯 자리에 벌떡 일어나 진송하를 향해 외쳤다.

"일어나 보거라!"

"예? 예에."

일어난 진송하는 진 노인이 아무 말도 않고 자신의 앞에 서서 잠자코 있자, 대체 무엇 때문에 그러는가 싶었다.

하지만 곧 그 연유를 눈치챌 수 있었다.

"어, 어? 할아버지 키가 왜 이렇게 줄으셨어요?"

진송하보다 머리 하나쯤 컸던 진 노인이 어느새 진송하와 키가 비슷해진 것이다.

"인석아! 네가 그만큼 큰 거란다. 정말 이 년이란 시간이 지났단 말이야! 이 할아비가 그동안 얼마나 걱정했는 줄 아느냐?"

노안에 눈물까지 글썽거리며 하는 진심 어린 말에 진송하는 처음으로 그들의 말이 거짓이 아닐지도 모르겠다는 생각이 들었다.

'저, 정말 이 년이나 지났다고?'

곧 진송하의 얼굴이 새하얗게 질렸다.

"저, 정말이에요? 제가 몽계에 들어가고 나서 정말 이 년이란 시간이 흘렀단 말이에요?"

그 뒤로도 한동안 네 사람이 한목소리로 설득을 하고 나서야, 진송하는 자신이 몽계에서 이 년가량을 보냈다는 사실을 완전히 받아들일 수 있었다.

송방이 잔뜩 찌푸린 얼굴로 송하에게 말했다.

"그런데 송하야."

"으응, 왜?"

"너 정말 기억이 고작 몇 시진밖에 안 된다면 말이야? 이 년 동안 완전히 헛짓거리만 하고 있었다는 거 아냐?"

모두 그 말에 일리가 있다고 생각했다.

특히 묵유자와 묵경자는 진송하가 몽계에서 무언가 얻은 것이 있을 것이라 기대하고 있었는데, 송방이 그 말을 하자 난색을 보였다.

하지만 진 노인은 달랐다.

"이놈아, 탈 없이 우리 앞에 있는 것만으로도 다행인 줄 알아야지, 헛짓거리는 무슨!"

"아, 아니 누가 다행이 아니라고 했나요? 그냥 그렇다는 거죠, 뭐."

"그런데 정말 그 안에서 무슨 일이 있었던 것이냐?"

묵경자의 물음에 진송하는 잠시 생각하다가 답했다.

"으음…… 일단 몽계의 경계가 완전히 사라졌어요. 어제…… 지금 생각해 보니 그게 어제인지도 확실하지 않지만, 몽 노인과 설록도 만나 봤고요. 아, 그리고 검도 생겼어요."

"검?"

네 사람이 진송하 주변을 둘러봤지만 검은 보이지 않았다.

"검이 어디 있는데?"

송방의 물음에 진송하는 잠시 멍하니 얼빠진 얼굴을 해 보였다.

"그, 그러게. 검이 어디 있지?"

"허!"

모두의 얼굴에 어이없어하는 기색이 흘렀다.

이에 진송하가 몽계에 들어가서 가져오겠다고 나서자, 질겁한 모두가 그런 진송하를 뜯어말려야 했다. 지금 다시 들어갔다가 혹시 또 오랫동안 나오지 못할지도 모른다는 불안감 때문이다.

"에이, 이제 그런 일은 없을 거예요."

"인석아, 그럼 이 년 전에는 이런 일이 있을 줄 알고 들어갔더냐? 아무튼 앞으로는 절대 그 빌어먹을 곳에 들어가지 말거라."

진 노인의 당부와 그 말을 할 때의 간절함이 깃든 표정 때문에 진송하는 어쩔 수 없이 고개를 끄덕여야 했다.

◑

그날 오후, 집무실에서 묵유자와 묵경자가 마주 보며 차를 마시고 있었다.

"늦으시는군."

묵경자의 말에 묵유자가 고개를 끄덕이는 순간, 집무실 밖에서 발걸음 소리가 요란하게 울리기 시작했다.

"허허, 지금 오시는군요."

덜컹.

역시나 아무 말 없이 문을 벌컥 열고 들어선 자는 진 노인이었다.

묵경자도 그런 진 노인의 태도에 어느덧 익숙해져 있었기에 별다른 내색 없이 자신의 옆자리를 가리켰다.

이에 진 노인이 그 자리에 앉으며 말했다.

"노인네만 셋이 모이니 쉰내가 풀풀 나는구나."

"허허."

"끌끌."

진 노인의 표정으로 보아 전혀 농담이 아닌 것 같았지만, 나머지 두 사람은 서로를 바라보며 웃음을 흘렸다.

"바보같이 웃기는. 그나저나…… 왜 부른 것이냐?"

"허허허."

묵유자가 재차 웃었다.

아까는 웃을 만한 이유가 있었다지만, 지금은 아니었기에 묵경자와 진 노인이 이해할 수 없다는 얼굴로 묵유자를 쳐다봤다.

그러자 묵유자가 진 노인의 품에 볼록하게 튀어나온 부분을 가리키며 말했다.

"허허. 설마 그 품 안에 있는 것이 도덕경은 아니겠지요? 그리 공을 들여 관리하셨으면서, 역시 송하와 관련된 문제가 되니 이제는 다른 책보다도 못한 취급을 하십니다."

경서에 누구보다 깊은 애착을 둔 진 노인이 책이 상할지도 모르는데 품에 책을 안고 왔다는 사실이 묵유자의 웃음을 터트리게 만든 것이다. 그것도 보통 서적이 아닌, 진무대제의 축복이 내려졌다고 짐작되는 그 도덕경을 말이다.

"커, 커험!"

일부러 들키지 않으려고 목함에서 빼내어 품속에 넣어온 것인데, 그것을 묵유자가 단번에 알아차리자 아무리 낯짝이 두꺼운 진 노인이라 하더라도 얼굴을 붉힐 수밖에 없었다.

잠시 후, 나직이 웃음을 흘리던 묵경자가 말했다.

"후후. 아무튼, 이제는 본론으로 들어가세나."

그 말에 집무실의 분위기가 삽시간에 진중해졌다.

묵유자가 진지한 얼굴로 입을 열었다.

"송하도 부를 참입니다만, 저희 셋이 우선 이야기를 나눠야 할 것 같아 미리 두 분을 부른 겁니다."

이에 진 노인도 심각한 낯빛을 하며 말했다.

"역시 그 일 때문이냐?"

당연히 그 일이란 송하가 이 년간 몽계에 있다 온 일을 말함이었다.

"예. 송하에게 좀 더 자세히 들어 봐야겠지만, 분명 아무런 변화도 없이 이 년을 보낸 것은 아닐 겁니다."

"으음. 나 역시 그리 생각한다네. 그리고 지금 진 노인의 품 안에 있는 저 도덕경과 깊은 연관이 있겠지."

묵경자의 말에 진 노인이 품 안에서 도덕경을 꺼내 들고는 탁자 중앙에 내려놓았다.

모두의 시선이 도덕경으로 향했다.

"……그러고 보니 여전히 새 책 같아 보입니다."

이채를 발하며 묵유자가 그리 말하자, 진 노인이 고개를 끄덕이며 말했다.

"그 책이 발견되고 벌써 십육 년이 지났는데도 이렇구나. 내가 아무리 관리에 힘을 쏟았다고는 하나, 그렇다고 이렇게 손상이 전혀 없을 리는 없다. 정말 소름이 끼칠 정도로 십육 년 전과 조금도 달라진 것이 없지 않느냐? 보통 책이 아니야. 더구나 이번에 우리 애한테 일어난 일 좀 보거라.

내 앞으로 다시는 송하에게 이 책을 내어 주지 않을 것이야."

"으음……."

묵유자는 아쉬운 듯 입맛을 다셨다. 태극의 무학과 깊은 연관을 맺은 조사의 유품이었다. 앞으로도 저번 태극권을 복원했을 때와 같이 무당에 도움이 되었으면 하는 마음이인 것이다.

하지만 아쉬운 감정이 그리 길진 않았다. 애초에 묵유자는 이런 신물에 기대지 않고도 무당을 발전시킬 자신이 있었기 때문이다.

더구나 태극검은 묵경자의 노력으로 거의 옛 모습을 찾아가고 있었기에, 더는 태극의 무학 때문에 저 책에 의지할 필요가 없었다.

진 노인이 살짝 인상을 쓰며 말했다.

"그런데 송하 문제를 논의하자고 모인 거 아니냐? 어째 이야기가 계속 딴 데로 돌아?"

더는 도덕경에 대해 왈가왈부하지 말라는 의미가 분명했다.

이에 묵유자가 쓴웃음을 머금으며 답했다.

"알겠습니다. 다른 이야기를 하죠. 이번에는 소천중, 그 친구에 관한 겁니다."

사실 이번에도 송하와는 관련이 없어 보이는 이야기였지

만, 현은과 관련된 문제였기에 진 노인은 진지한 얼굴로 물었다.

"그러고 보니 계속 연통이 없는 걸로 보아 아직도 못 찾은 모양이구나?"

"예. 현재 태천문은 그 일에 거의 전 인력을 동원하고 있습니다. 무사들의 수가 요 이 년간 두 배 이상 늘었고, 늘어난 인원 모두가 중원 곳곳으로 퍼져 두 사람에 대해 알아보고 있지요."

"허, 대단하군!"

진 노인은 진심으로 감탄했다. 소남화가 비록 강호에서도 인정받는 인재라 해도, 태천문의 뒤를 이을 소문주는 따로 있었다.

그런데 문의 전 인력을 활용하여 그녀를 찾고 있다는 것이다.

당연히 그런 상태로 문파가 제대로 돌아갈 리가 없었다. 이런저런 문제가 산적해 있는데도 무시하고 있는 것이리라.

묵유자도 동의한다는 듯 고개를 끄덕이며 말했다.

"예. 남화에겐 오라버니가 되는 소문주 소천상(蕭天祥)이 오히려 천중 못지않게 날뛰며 그녀를 찾아다니고 있답니다."

소천상은 바로 소소영의 아버지였다.

비록 소남화가 뛰어난 두뇌로 사룡이봉의 한자리를 차지

했다지만, 무에 있어서 소천상의 재능은 결코 사룡 못지않다고 알려졌었다.

내내 두 사람의 대화를 듣고 있던 묵경자가 끼어들었다.

"하지만 무사의 수를 두 배로 늘렸다면, 거기에 들어가는 비용이 결코 적지 않을 텐데?"

태천문은 예전부터 강호의 단일 세력으로는 다섯 손가락 안에 들어갈 정도로 거대한 조직이었다. 그런데 거기에 그 인원을 배로 늘렸다면, 재정적인 문제에 봉착하지 않을 리가 없다는 사실을 지적한 것이다.

"예, 맞습니다. 아직은 문제가 없다고 자신만만해하고 있습니다만, 제가 보기에는 앞으로 길어야 일 년이면, 지금과 같은 방대한 조사는 무리라 생각됩니다."

"결국 그 안에 어떻게 해서든 단서를 찾아내야 한다는 말이구먼."

"후우, 그렇지요. 그리고 결국 단서를 찾아낸다면, 이번만큼은 어떻게 해서든 송하를 데려가려 들 겁니다."

그 말에 진 노인이 발끈하고 나섰다.

"아니, 그거야 두 연놈들이 자의로 도망쳤을 때를 가정한 것이 아니냐? 왜 발견하자마자 데려가려 들어?"

분명 이 년 전 그런 조건을 들었으니, 진 노인의 말은 일리가 있었다.

하지만 묵유자는 그것이 아니라는 듯 고개를 저으며 곤

란한 얼굴로 말했다.

"천중, 그 친구가 송하가 그리될 때 얼마나 안타까워했습니까? 혹여 도중에 아이들의 소식이 전해지면 어쩌나 하고 몇 달 동안 무당에 머무르지 않았습니까? 그때 제가 그 친구를 설득하여 태천문으로 돌려보내려 했지만, 결코 말을 듣지 않았습니다. 그래서……."

말끝을 흐리며 묵유자가 진 노인의 눈치를 봤다.

이에 진 노인도 무언가 짚이는 것이 있어 눈을 크게 뜨며 물었다.

"네, 네놈이 설마 그때 그자를 돌려보내려고 송하가 깨어나고 나서 둘의 소식이 전해지면 무조건 보내겠다고 약조라도 했단 말이냐?"

"그, 그렇지는 않습니다."

"그래?"

진 노인은 묵유자가 자신의 예상을 부인하자 안도할 수 있었다.

하지만 이어지는 묵유자의 말에 결국 화를 터뜨려야 했다.

"그, 그 친구가 직접 데리러 오기로 했지요."

"뭐야!"

진 노인이 자리를 박차고 일어나 묵유자에게 삿대질을 하며 욕지거리를 내뱉기 시작했다.

이를 말리려고 묵경자가 애를 썼지만, 결국 진송하가 올 때까진 아무도 진 노인을 막을 수 없었다.

◑

"뭐? 보여 줄 게 없다고?"

일부러 장문인 전용 연무실으로 불렀건만, 진송하가 하는 말에 묵유자와 묵경자는 난색을 표해야 했다.

물론 진 노인이야 전혀 아무렇지도 않다는 얼굴이었다.

진송하 역시 묵유자, 묵경자와 같이 난색을 표하며 말했다.

"아뇨, 그러니까 어떻게 보여 드려야 할지 모르겠다고요. 몽계에 가서 검만 가져오면 되는데……."

"떼! 꿈도 꾸지 말거라!"

진송하가 말끝을 흐리며 진 노인의 눈치를 봤지만, 진 노인은 자신의 볼록 튀어나온 품을 감싸며 호통과 함께 진송하의 눈빛을 냉정하게 무시했다.

묵유자는 그 모습에 고소를 머금으며 허리에 있는 검을 끌러 진송하에게 내밀었다.

"자, 여기 내 검을 사용하거라."

하지만 진송하는 그 검을 받아 들지 못하고 묵유자에게 곤란한 얼굴로 말했다.

"아, 그게…… 전 제 검이 아니면 쓸 줄 몰라요. 그 녀석이 자신이 아닌 다른 검을 쓰는 걸 알면 난리를 칠 거거든요."

그 말에 세 노인의 눈이 함지박만 하게 커졌다.

특히 진송하를 직접 가르쳤던 묵경자는 어이없다는 듯 헛웃음을 키며 말했다.

"허! 뭐, 뭐라? 검이 화를 내? 허허허!"

마치 검이 살아 움직인다는 듯한 말투가 아닌가?

'이 아이가 언제 이리 허풍이 늘었단 말인가?'

세 사람. 그러니까 진 노인마저도 진송하의 말을 곧이곧대로 믿을 수 없었다.

묵유자는 혹여 아무것도 얻지 못했는데 실망을 시킬까 걱정되어 거짓말을 하는 것은 아닐지 의심을 했다.

하나 진송하가 거짓말을 할 리가 없다고 철석같이 믿던 진 노인이 잠시 생각에 잠기더니 이내 알았다는 듯 두 손을 마주치며 말했다.

짝!

"맞다! 송하야, 혹여 몽계에서 이 년 동안 검만 휘두르지는 않았느냐?"

진 노인의 질문에 진송하는 별다른 고민도 않고 고개를 끄덕이며 말했다.

"예. 의식하지 않아서 잘은 모르겠지만, 거의 검만 휘둘렀던 것 같아요."

"그거다!"

"예?"

"네가 그리 오랫동안 몽계 안에서 검만 휘둘렀으니, 그 검이 완전히 손에 익었단 말이지? 그래서 다른 검은 사용할 수 없다는 말이고?"

진 노인의 해석에 묵경자가 동의하고 나섰다.

"맞습니다. 이제 보니 그 말이었습니다. 허허."

'아, 아닌데⋯⋯.'

분명 아닌데 그 뒤로 묵유자까지 동의하고 나서자, 진송하는 어떻게 반박할 수가 없었다.

심지어는 자신도 '그런가?' 하는 생각이 들 정도로 세 어른이 철석같이 그리 믿어 버린 것이다.

五章

새 도복을 사수하라

오룡궁 내 외원주의 집무실에서 커다란 웃음소리가 울려
퍼졌다.

"허허허. 이젠 정말 얼마 남지 않았구나!"

"예, 앞으로 사흘 후입니다!"

외원을 책임지고 있는 묵진자와 현수의 대화였다.

웃음소리의 주인공은 묵진자였으나, 현수 역시 평소의
주눅이 든 모습이 아니라, 좋은 일이라도 있는 듯 표정이
밝았다.

바로 송 자 항렬 아이들의 관건의 예가 사흘 앞으로 다가
왔고, 그때 송암이 대사형으로 추대될 예정이었기 때문이
다.

"내 이럴 게 아니라 마을로 내려가 그때 입을 새 옷을 사와야겠다! 아, 그래, 우리 자랑스러운 사손이 입을 옷도 마련해 놓아야겠지? 허허!"

무당 내에서 제일 고급스러운 옷을 제일 많이 지니고 있는 묵진자였다.

그렇기에 그 말을 들은 현수는 또 옷을 사는 거냐는 생각에 순간 질린 얼굴을 보였다.

하지만 이내 현재 그의 기분이 상당히 좋다는 생각에 재빨리 표정을 고쳐 은근한 얼굴로 물었다.

"사부님. 제 옷은……."

"허허! 그래, 네 녀석의 옷도 내 같이 마련해 주마! 그래도 대사형이 될 아이의 사부인데, 어느 정도 격식은 차려야지?"

그 말에 현수의 얼굴이 대번에 밝아졌다. 아니, 그 정도를 넘어 매우 감격 어린 표정이었다.

"가, 감사합니다, 사부님! 제가 마을까지 앞장서겠습니다!"

"허허. 그래, 그래."

현수가 저렇게 좋아하는 건 다 이유가 있었다.

묵진자는 평소 고급스러운 옷을 입고 집무실도 비싼 돈을 들여 고급스럽게 꾸몄지만, 돈을 씀에 있어 확고한 지론이 있었다.

바로 쓸 땐 쓰고, 아낄 땐 아낀다는 지론이었는데, 이는 그만큼 그가 외원을 효율적으로 운영한다는 의미였다.

그 지론에 근거하여 외원의 얼굴인 자신에 대한 투자는 아끼지 않았지만, 그 외적인 일에는 짠돌이 기질을 보였다.

그래서 현수가 현재 입고 있는 옷도 질은 좋았으나, 사 입은 지 오래되어 상당히 낡아 보였다. 그가 외부 업무보다는 내부 업무와 묵진자 개인의 업무를 도맡아 왔기에 굳이 겉모습에 신경 쓸 필요가 없다는 묵진자의 생각에서였다.

그러니 현수는 몇 년 만에 새 옷을 사 입을 수 있다는 생각에 저리 감격스런 표정을 짓는 것이다.

묵진자가 여전히 웃는 낯으로 현수에게 말했다.

"이왕 준비하는 것이니 내원에 가서 송암을 데려오거라. 같이 가서 정확히 몸에 맞는 옷을 마련해야지."

"예! 바로 달려가겠습니다!"

그렇게 힘차게 외친 현수가 집무실을 나서려고 문으로 향했다.

그런데 정확히 그가 문 앞에 선 순간, 문이 저절로 열리는 게 아닌가?

드르륵.

"으헉! 까, 깜짝이야. 응? 아, 현궁이구나. 무슨 일이냐?"

내원의 조천궁에서 일하는 현궁이 기가 막힌 때에 방문

한 것이다.

현궁이 약간 당황한 얼굴로 막 입을 열려는 때에, 현수의 등 뒤에서 묵진자가 혀를 차는 소리가 들려왔다.

"쯧쯧쯧! 방정맞기는. 그래, 무슨 이유겠느냐?"

현수가 오룡궁에서 조천궁으로 묵진자의 전갈을 전하는 연락책이라면, 현궁은 그 반대로 조천궁에서 오룡궁으로 장문인의 전갈을 전하는 연락책이었다.

그러니 그의 방문 목적이야 뻔한 것이었다.

현수라고 이를 모를 리 없었다. 그저 너무 놀라 별생각 없이 내뱉은 말이었을 뿐이다.

'설마 이제 와서 무르진 않으시겠지?'

혹여나 맘이 상해 옷을 사 주겠다 한 말을 취소하지는 않을까 하는 불안감이 인 것이다. 그래서 예의 특유의 주눅이 든 표정을 지으며 묵진자의 눈치를 살폈다.

하지만 현수의 이런 모습이야말로 묵진자가 대단히 싫어하는 모습이었다. 효율을 중시하는 묵진자이다 보니 현수가 이리 주눅이 들 때마다 뭉그적거리며 행동하는 모습에 언제나 답답함을 느꼈던 것이다.

그래서 묵진자는 인상을 찌푸리며 못마땅한 투로 현수에게 말했다.

"못난 놈. 어서 송암에게 가지 않고 뭐하는 것이냐?"

그 말에 현수가 고개까지 푹 숙인 채 집무실을 나갔다.

그 모습을 묵묵히 지켜보던 현궁은 속으로 생각했다.

'이 사제지간은 어째 변함이 없군.'

현궁이 보기에 현수의 저런 성격은 묵진자가 만든 것이었다. 언제나 현수가 지닌 능력 이상을 바라며 투덜거리고 핀잔을 주니 현수가 주눅이 드는 것이고, 또 그런 모습을 마음에 안 든다고 재차 타박을 하니 현수의 저런 성격이 고쳐질 리 없었다.

'등잔 밑이 어둡다고, 사람 부리는 재주가 뛰어나기로 유명한 외원주께서는 어찌 자기 제자의 속은 저리 모르시는지……'

현궁은 매번 그런 생각을 하면서도 그것을 밖으로 내뱉어 뭐라 하지는 않았다. 감히 묵 자 항렬 중에서도 가장 배분이 높은 분 중 하나인 묵진자에게 그런 말을 대놓고 내뱉을 수는 없었기 때문이다.

잠시 생각에 빠져 있던 현궁을 돌아보며 묵진자가 입을 열었다.

"그래, 장문인께서 뭐라 하시던?"

"아, 예. 관건의 예 때 쓰일 태극건을 준비해 달라 부탁하셨습니다."

"으음……. 부탁이라……."

묵진자는 현궁이 전한 내용보다는 부탁이라는 단어가 듣기 좋은지 흐뭇한 미소를 짓다가 뒤늦게 그 내용을 깨닫고는 놀란 얼굴이 되었다.

"잠깐, 태극건이라고?"

"예, 분명히 그리 말씀하셨습니다."

재차 말하는 현궁의 얼굴에도 묘한 표정이 떠올랐다.

"그, 그래. 내 안 그래도 오늘 산에서 내려갈 참이었으니, 오늘 내로 주문해 놓겠다 말씀드리거라."

"예."

현궁이 나가고 집무실에 홀로 남은 묵진자는 미간에 주름을 잡으며 생각에 잠겼다.

'그래, 이제는 대놓고 태극의 무학을 밀겠다는 것인가?'

장문인이 공식 행사 때 입는 태극장포야 무당의 오랜 전통이니 그렇다 쳐도, 제자들이 공식 행사 때 쓸 관건으로 태극건을 준비하란 이야기는, 곧 무당산을 내려갈 때도 태극건을 쓰고 다니라는 의미였다.

묵진자는 묵유자의 심중을 짐작할 수 있었다.

'묵경이 태극권을 복원했고, 몇 년 전부터는 태극검마저 복원하기 시작했지. 그렇다면 이제 슬슬 그 작업이 마무리되고 있다는 말이렷다? 그리고 그 작업이 끝나면 대놓고 태극의 무학을 무당의 제자들에게 가르치겠다는 생각이겠지. 흐음……'

묵진자는 묵유자의 이런 움직임이 그리 내키지 않았다.

그는 굳이 가르자면 보수적인 생각을 지닌 쪽이었다. 그래서 이미 무당에서 계륵 취급을 받고 있는 태극의 무학을 굳이 끄집어내려는 묵유자의 생각을 이해할 수 없었던 것이다.

'장문인이 잘못된 길을 가고 있을 때, 그것을 바로잡아 줄 존재가 나 말고 또 누가 있겠는가? 허어, 이거 참 어깨가 무겁구나!'

유극 진인이 등선한 후, 유 자 항렬의 도사들이 모두 은거했기에 현재 묵유자에게 직언을 할 수 있는 존재는 그리 많지 않았다.

묵유자가 묵 자 항렬 중 나이가 어린 편이라 해도 전 장문인의 직계였고, 지금은 본인이 장문인의 자리에 있었기 때문이다.

그렇기에 묵진자는 자신이나 묵유자의 직계 사형인 묵경자 외에는 직언을 고할 자가 없다고 생각하고 있었다.

'나에게 무당의 미래가 걸려 있는 것이다!'

약간의 허황된 생각일지 몰랐으나, 그것이야 묵경자 본래의 성격 탓이고, 그의 이런 자세는 나쁘다고 볼 수 없다.

과연 태극의 무학을 살리려는 묵유자의 생각이 잘못된 것인지는 알 수 없는 문제였지만 말이다.

"너 아직도 검 타령하냐?"

송방이 불쑥 진선각으로 찾아와 내뱉은 말에 진송하는 어색한 미소를 지으며 답했다.

"으응."

"거참. 이 년 동안 검법만 익혔다면서 검을 못 든다는 게 말이 돼? 너 내 주특기가 검인 거 알지? 내가 이 년 전까지 너한테 당한 게, 다 검을 들지 않고 맨몸이나 목검을 쥐고 상대해서 그런 거라고. 알아?"

"응? 그럼 지금은 진검을 쓰는 거야?"

진송하는 과거에 송방의 입을 통해 관건의 예를 치르고 정식으로 도사가 되기 이전까진 기본적으로 검이 지급되지 않는다고 들은 기억이 있었기에 그리 물었다.

그러자 송방이 대번에 당황한 기색을 보이며 입을 열었다.

"그, 그건 아니지만……. 워, 원래 검공이란 게 진검을 잡고 펼쳐야 제 위력을 갖는 거라고! 알아?"

"하하하……. 으응."

송방이 마지막 말을 내뱉었을 땐 작은 눈을 최대한 부릅뜨며 인상을 썼기에, 진송하는 재차 어색한 미소를 지으며 고개를 주억거릴 수밖에 없었다.

'하지만 송방, 너의 문제점은 노력하지 않아서 초식에

대한 이해도가 부족한 탓이라고.'

겉으로 그리 말했다가 송방이 무슨 반응을 보일지 몰랐기에 진송하는 하고 싶은 말을 그리 속으로만 되뇌었다.

아마 예전이었다면 결코 눈치채지 못했을 것이다.

하지만 지난 이 년간 제대로 된 기억이 없으면서도, 이상하게 아는 것도 보는 것도 많아진 진송하였다. 심지어 지금처럼 과거 대련했던 기억을 되살리는 것만으로도 송방의 문제점을 집어낼 수 있을 정도였다.

물론 지금은 그런 문제를 해결했을지도 모르지만, 이는 성격과 관련된 문제라 결코 쉽게 해결되지는 않았을 것이다.

더구나 해결이 되었다 해도, 예나 지금이나 송방에게 질 거란 생각이 들지 않았다.

진송하가 무슨 생각을 하는지 알 리 없는 송방이 호기롭게 외쳤다.

"아무튼 관건의 예가 사흘 앞으로 다가온 거 알지? 그때가 되면 이 몸이 친히 널 바닥에 눕혀서 증명시켜 줄 테니, 지금부터 방구석에서 벌벌 떨고 있으라고!"

진송하는 송방의 말에 전혀 화가 나지 않았다. 질 거란 생각이 들지 않기도 했지만, 그것보다는 과거와 달리 송방의 말에 악의가 없다는 걸 알고 있었기 때문이다.

처음에는 비록 오해가 겹쳐 심한 괴롭힘을 당했지만, 본

래 송방의 성격은 겉으로는 편협하고 욕심이 많은 척을 해
도 호연함과 순수함을 고루 갖추고 있었기 때문이다.

그 증거로 송방은 송 자 항렬 아이 중 가장 넓은 인맥을
지니고 있었다. 마치 현은처럼 말이다.

'물론 겉모습은 전혀 다르지만 말이야.'

"큭큭!"

현은의 호방한 생김새와 송방의 속 좁아 보이는 얼굴을
비교하다 보니 진송하의 입에서 자연스레 짧은 웃음소리가
터졌다.

그러자 송방이 눈을 부라리며 외쳤다.

"뭐야? 너 방금 비웃은 거냐? 이게 콱! 너 진짜 못 믿
어?"

"아, 아냐. 믿어."

말은 그렇게 했지만 진송하의 얼굴을 보니 전혀 겁먹은
눈치가 아니었다. 본의가 아님에도 송방에게 질 거란 생각
이 들지 않은 탓이다.

그것을 눈치채지 못할 송방이 아니었다.

그래도 믿는다고 말하니 더는 뭐라고 말하지 못하고 그
저 찝찝한 기분에 얼굴을 찡그려야 했다.

그때 진송하의 시선이 송방의 등 뒤로 향했다.

송방은 이에 이내 찡그린 표정을 풀고는 의문스런 표정
으로 물었다.

"응? 왜 그래?"

"누가 오는데?"

"그래? 뭐, 진 노인이겠지."

그런데 그렇게 말하며 별생각 없이 몸을 돌려 문을 바라본 송방의 시선에는 아무도 잡히질 않았다.

'뭐야? 장난인가?'

별 시답잖은 장난을 친다고 생각을 하는데, 뒤에서 진송하의 목소리가 재차 들려왔다.

"할아버진 아니셔. 그리 높은 수준은 아니지만, 무공을 익힌 어른 같아."

그 말에 송방이 다시금 몸을 돌려 진송하를 어이없는 시선으로 바라보며 말했다.

"너 지금 보이지도 않을 정도로 먼 거리에서 사람이 오고 있다고 말한 거냐? 더구나 뭐? 무공을 익혔고, 어른이라고?"

묵 자 항렬쯤 되면 또 몰라도, 현 자 항렬 도사 중에서도 일부만이 보이지도 않는 거리에 있을 사람을 감지할 정도로 오감이 발달해 있었다.

당연히 송 자 항렬의 아이들에게 그런 능력이 있을 리 없었다.

'잠깐! 어른인데 그리 높은 수준을 익힌 어른은 아니라고? 어른이라고 말한 이상 최소한 현 자 항렬의 도사란 이

야기잖아?'

자신들의 기준에서야 당연히 현 자 항렬의 도사들은 그 누구든지 천외천의 경지에 달한 고수들이 아닌가?

송방은 진송하가 자신의 사부와 같은 급의 어른에게 무공이 높은 수준이 아니라고 하는 것을 통해 결국 진송하가 장난을 친 것이라 확신할 수 있었다.

그래서 꿀밤을 한 대 먹일 생각으로 손을 들려는데, 그때 송방의 귀에도 발걸음 소리가 들려왔다.

'헉! 설마? 에이, 아냐. 분명 우연이겠지.'

속으로 그리 말하면서도 고개를 돌려 재차 문을 확인하는 송방의 얼굴은 묘하기 그지없었다.

"흠. 여기에도 없나? 너희, 혹시 송암을 보지 못했느냐?"

문 앞에 선 사내는 바로 묵진자의 명을 받아 송암을 찾으러 나선 현수였다.

'……높은 수준이 아니라는 말. 어쩌면 사실일지도.'

현수가 묵진자 밑에서 외원의 업무에만 신경을 쓰느라 무에 대한 공부가 그리 높지 못하다는 사실이야 송 자 항렬의 아이들 대부분이 알고 있는 사실이었다.

그래서 송방은 자신의 확신이 옅어지는 걸 느꼈다.

송방이 묘한 얼굴로 아무 말도 하고 있지 않자, 현수가 진송하를 돌아봤다.

이에 진송하가 입을 열었다.

"전 종일 여기 있었지만, 송암은 보지 못했습니다."

"그래? 송방, 너는 못 봤느냐? 그래도 네 녀석이 발이 넓지 않느냐?"

현수가 도호까지 호명하자, 그제야 송방은 정신을 차리고 급하게 답했다.

"아, 예. 그 녀석이라면 오전에 묵포 사숙조님과 저 아래 전기봉(展旗峰) 쪽으로 갔습니다."

"끄응……. 그것도 모르고 괜히 내원만 뒤지고 다녔군. 안 되겠다. 공무와 관련된 급한 일이니 너희가 나 좀 도와줘야겠다."

현수는 중간에 나온 터라 당연히 묵유자의 명이 정확히 무엇인지 모르고 있었다. 그저 관건의 예 때 입을 도복을 사려는 것이니 공무로 볼 수도 있다는 의미로 내뱉은 말이었다.

사실 그보다는 괜히 늦었다가 사부에게 더욱 밉보인다면 자신의 도복을 사 주지 않을지도 모른다는 두려움 때문이라는 이유가 더 크다는 거야 두말할 나위 없었다.

어쨌든 공무와 관련된 일로 송암을 찾는다는 말에 송방이 특유의 오지랖을 발휘하여 눈을 빛내며 물었다.

"현수 사백님, 대체 무슨 일인데요?"

송방이야 궁금함을 담아 물은 것일 뿐이었지만, 현수는

송방의 눈빛을 탐욕으로 착각했다.

'이, 이 녀석이 무슨 냄새를 맡았나? 혹여 요 두 녀석이 사부님께 자신들의 옷도 사 달라고 조르면 내 몫이 없어질지도 모르는데⋯⋯.'

그리 생각한 현수는 최대한 감정을 숨기며 입을 열었다.

"크흠! 아, 그것이 관건의 예 준비를 위해 외원주께서 송암의 도움이 필요하다 하시더구나."

결국 현수는 제자뻘 되는 아이들에게 거짓말을 해 버렸다. 그것도 사실 속에 거짓을 감추니, 결코 한두 번 해 본 솜씨가 아니었다. 분명 묵진자를 상대로 여러 번 써먹은 짓임이 틀림없었다.

어찌 되었든 송방이야 원래 남는 게 시간이었고, 진송하도 검과 관련된 문제 때문에 딱히 할 일이 없었기에 현수의 부탁을 거절치 못하고 그의 뒤를 따라 진선각을 나섰다.

현수의 뒤를 따라 내원을 나와 외원으로 향하던 송방은 뒤늦게 자신이 품은 의문을 해결하기 위해 진송하의 귀에 대고 속삭였다.

"야, 그런데 너 진짜 현수 사백께서 오신다는 걸 알고 있었던 거야?"

"응. 그게 왜?"

진송하야 그저 오는 걸 알았기에 온다고 말한 것뿐이었

다. 그래서 송방이 그런 걸 묻는 연유를 짐작할 수 없었다.

"그게 왜? 나 참, 그 정도로 오감이 발달한 건 현 자 항렬의 어른들 중에서도 극히 일부만이 가능한 거라고! 알아?"

"그, 그런가?"

송방의 말에 그제야 진송하는 자신의 오감이 좋아졌나 하는 의문을 가지게 되었다.

'그러고 보니 예전에는 이렇지 않았던 것 같기도 한데……'

송방이 고민하는 눈치인 진송하에게 다시 속삭였다.

"대체 현수 사백의 무공 수위는 어떻게 알 수 있었던 거야?"

그 말에 진송하가 앞에서 걷고 있는 현수를 한동안 바라보다가 다시금 송방에게 시선을 주며 말했다.

"그냥…… 느낌?"

"……됐다."

'이 자식이 안 보는 사이 뻥이 늘었네.'

결국 송방은 순전히 우연이 만들어 낸 결과라고 치부해 버렸다.

외원까지 가로질러 나온 세 사람은 산길을 타고 아래로 내려갔다가, 다시금 전기봉으로 향하는 산길을 오르기 시작했다.

그쯤 되자 송암의 행방을 알아냈다는 사실에 잠시 잊고 있던 현수는 자연스레 의문을 품을 수밖에 없었다.

"그런데 송암이 전기봉에는 무슨 일로 간 것이지?"

사실 무당산 전체가 무당파의 영역이라 알려져 있지만, 실제로는 천주봉을 중심으로 펼쳐진 내원과 외원만이 무당파라는 이름하에 활동하고 있었다.

그래서 천주봉을 제외하고는 사용하지 않고 관리만 하고 있는 건축물군이나, 은퇴한 인물들의 암자, 무당파와는 다른 길을 걷는 도관들이 불규칙적으로 자리 잡고 있었다.

현수의 의문에 송방이 무언가를 아는지 입을 열었다.

"전기봉은 묵포 사숙조께서 가끔 들르시는 곳입니다. 아마 용무는 사숙조께서 있으시고, 송암은 그냥 따라간 거예요."

"그렇구나……."

그렇게 답하는 현수의 얼굴에 망설임이 배어 있었다.

그는 지금까지 묵포자와 만나는 걸 기피해 왔다. 자신이 송암의 형식적인 사부라면, 사숙인 묵포자야말로 실질적으로 가르치는 사부 역할을 맡고 있었기에 대면하기 불편했던 것이다.

'이거 참. 그렇다고 아이들만 보내기는 버릇없어 보이고, 오늘은 결국 마주칠 수밖에 없겠군.'

두 사람이 대화를 멈추자 진송하가 송방에게 작은 목소리로 물었다.

"그런데 전기봉에는 뭐가 있어?"

아직 백운촌의 잡일꾼 시절의 버릇이 배어 있어 외원 밖으로는 나가 본 적이 없는 진송하였기에 호기심을 느낀 것이다.

송방도 그러한 사정을 알고 있었기에 최대한 친절하게 설명해 주기로 마음먹고는 입을 열었다.

"천주봉(天柱峰)이 우리 무당의 실질적인 활동 영역이라는 건 알고 있지? 그 외에 천주봉을 중심으로 양옆에 솟아 있는 금동봉(金童峰)과 옥녀봉(玉女峰)은 주로 은퇴한 사조들께서 암자를 짓고 생활하고 계시지. 그런데 그게 전부가 아니거든. 나라에서 우리 무당에 지어 준 건물이 워낙 많아서, 그 외에도 몇몇 봉우리에 우리 무당의 건축물들이 있어. 그중 한 곳이 전기봉이야. 나도 오르는 건 처음이지만 그곳은 진무대제를 기리는 목적으로 만들어진 자소궁이 있다더라. 사실 조천궁과 오룡궁 못지않게 거대한 곳이지만, 워낙 천주봉과 거리가 있어서 지금은 우진궁(遇眞宮) 소속의 속가제자들이 관리하는 모양이야."

"우진궁?"

처음 들어 본 이름에 진송하가 되물었다.

"뭐야, 우진궁도 몰라? 속가제자들을 통괄하여 관리하는 곳이잖아. 저 아래 산문 근처에 자리 잡고 있지. 사실 우리 무당이 지닌 궁 단위의 도관은 내원의 조천궁과 외원의 오룡궁만이 아니라고. 내가 알기에는 여덟 곳은 될걸? 그나마 조천궁과 오룡궁은 따로 내원과 외원 안의 하나의 전각을 가리킨다지만, 다른 궁들은 보통 전각을 포함한 전체 건축물군을 통틀어서 가리킨다더라고."

"우, 우와! 엄청나잖아!"

내원과 외원은 원래 각각 조천궁과 오룡궁으로 불렸었다.

그런데 궁의 규모가 워낙 컸기에 원래 두 궁의 정전(正殿)인 조천전과 오룡전을 궁이라 이름 짓고, 남은 건축물들을 묶어서 내원과 외원이라 칭한 것이다.

결국 송방의 말은 내원과 외원 못지않은 규모를 지닌 곳이 여섯 곳은 더 된다는 의미였으니 진송하가 놀라는 것도 무리는 아니었다.

"이제 우리 무당이 얼마나 대단한지 좀 느껴지냐? 에헴!"

송방이 말하는 우리에는 진송하도 들어 있건만, 저리 으스대는 것은 또 무슨 짓이란 말인가?

어쨌든 진송하는 자신이 지금까지 생각한 것보다 더욱 큰 무당의 규모에 놀란 것만은 사실이었다.

하지만 그런 감정은 마침내 정문을 지나 자소궁에 발을 내려놓았을 때 완전히 사라져 버렸다.

"……여기가 정말 네가 말한 자소궁이야?"

이미 송방에게 이야기를 들었기에 그 규모에 놀라지는 않았다.

훼에엥—!

문제는 외원보다는 작아도 내원과 비슷한 규모를 지닌 자소궁에 사람이 한 명도 보이지 않는다는 점이었다.

"그, 글쎄다? 나도 처음이라……."

후다닥.

그렇게 말한 송방이 재빨리 뒤로 돌아 뛰어가더니 정문 위의 현판을 다시 한 번 확인하고 돌아와 말했다.

"자소궁 맞는데? 아니, 애초에 전기봉에 존재하는 이런 거대한 건축물군은 자소궁밖에 없잖아?"

송방과 진송하는 그렇다 치더라도 현수까지도 놀란 기색이었다.

"말은 들어 알고 있었지만, 이 정도일 줄은 몰랐구나. 어쨌든 건물 자체는 깨끗한 것이 관리는 제대로 되고 있는 모양이다."

하지만 오히려 그것이 문제였다. 건물이 낡고 먼지가 잔뜩 껴 있었다면 그냥 별로 유명하지 않아 사람의 발길이 닿지 않는 명승고적에 왔다고 생각하면 그만이다.

그런데 자소궁은 건물은 완전히 새것과 같이 말짱한데도

사람이 없어서 세 사람은 아주 기이한 기분에 사로잡혀야
했다.

그나마 가장 먼저 정신을 차린 사람은 송방이었다. 겉모
습과 판이한, 호방한 성격이 나온 것이다.

"자자, 오히려 썰렁한 것이 사람 찾으러 온 우리한텐 좋
잖아요? 각자 헤어져서 찾아보자고요."

그러면서 재빨리 그나마 건물이 덜 밀집된 우측으로 달
려갔다.

"으음. 그래, 어쨌든 늦으면 안 되니 서두르자."

그리 말하며 현수가 재빨리 좌측으로 걸어갔다.

"……."

홀로 남은 진송하는 두 사람을 번갈아 보다 전방에 멀찍
이 떨어져 있는 전각을 바라봤다.

자소전(紫宵殿).

이름이나 위치, 규모로 보아 자소궁의 정전임이 틀림없
었다.

당연히 묵포자와 송암이 있을 가능성이 제일 높은 장소
였다.

또한 가장 커다란 건물이기도 했으니, 필시 송방은 게으
름 때문에, 현수는 묵포자의 얼굴을 보기가 껄끄러워 저곳
을 피한 것이 분명했다.

더구나 그 옆에는 용호전이라는 이름의 전각이 같이 있

었으니, 사실상 이미 흩어진 두 사람이 둘러볼 면적보다 못해도 세 배는 넓은 셈이었다.

"에휴, 어쩔 수 없지."

진송하는 한숨을 내쉬며 자소전과 용호전, 두 곳 중 어느 곳을 먼저 둘러보아야 하나 고민하며 걸음을 옮겼다.

저벅저벅.

마침내 이웃한 두 건물 앞에 도착한 진송하는 이내 밝은 얼굴로 외쳤다.

"아, 거기 있구나!"

자소전 깊숙한 곳에 두 사람이 있음을 눈치챈 것이다.

"……."

'어? 그런데 저곳에 사람들이 있다는 사실을 어떻게 안 거지?'

자소전 안의 기척과의 거리는 십여 장에 달했다. 그럼에도 자소전 앞도 아닌, 여러 겹의 벽에 가로막힌 전각 안에 있는 사람들의 존재를 눈치챈 것이다.

이는 단지 오감이 발달했다고 가능한 일이 아니었다.

진송하 역시 현수 때와는 다르게 이를 분명히 깨달을 수 있었다.

'그러고 보니 좌우로 나뉜 두 사람이 어디 있는지도 느껴져. 아! 느끼는 건가?'

그제야 자신이 오감이 아닌, 다른 감각을 통해 사람들을 인식하고 있다는 사실을 깨달은 진송하였다.

'맞아. 몽계에서도 멀리 있는 몽 할아버지와 설록이 있다는 걸 느낄 수 있었잖아? 그러고 보니 지금도 그때와 같은 느낌이야.'

진송하는 자신도 모르는 사이 오감이 아닌, 무림에서 말하는 기감으로 사람들의 기척을 느끼고 있었던 것이다.

이는 진송하가 몽계 안에서 깨달은 것과 관련되어 얻은 것으로, 자신을 볼 줄 알게 된 이후 몸 안의 감각이 최대한 열린 까닭이었다.

'어디, 사숙조와 송암이 맞는지도 확인할 수 있는지 볼까?'

조금 전 느낀 것은 그저 자연스레 느낀 것이다.

그런데 이번에는 두 눈을 감고 최대한 그들의 존재를 느끼려 애를 쓰기 시작했다.

쏴아아─!

눈을 감고 집중하는 진송하의 주위에서 눈으로는 확인할 수 없는 어떤 기운이 사방으로 넓게 퍼져 나가기 시작했다.

묵포자는 가끔 전기봉에 올라 자소궁을 찾았다. 그 이유는 진무대제에게 예를 올리기 위해서였다.

그래서 지금도 자소전 깊은 곳에 놓인 진무대제의 목상 앞에서 절을 하고 있었다.

내원 내에도 진무대제상은 여럿 있지만, 은거를 시작한 뒤로는 사람들과의 접촉을 꺼렸기에 찾는 사람이 없는 이곳 자소궁의 진무대제상을 가끔 찾았던 것이다.

그리고 그것이 은거를 깨고 나온 지금까지도 버릇이 되어 이어지고 있었다.

"음?"

절을 하다 말고 갑자기 묵포자가 뒤를 돌아보았다.

그러자 옆에서 묵포자와 함께 절을 하던 송암이 돌아보며 물었다.

"왜 그러십니까?"

"누가 왔구나. 기감을 넓혀 사람을 찾는 걸 보니, 우리를 찾으러 온 모양이다."

송암은 그 말에 타인이 기감을 넓히는 걸 알아차리는 묵포자의 능력에 감탄하는 동시에, 기감으로 사람을 찾아낼 정도의 고수가 대체 누구이기에 자신들을 찾는 건지 궁금해졌다.

'사부님에겐 그럴 능력이 없고, 사부님께 시키지 않고 사조께서 직접 이곳까지 오실 리는 없다. 그렇다면 대체 누구지?'

송암은 옆에 있는 사숙조를 찾아온 자라고는 생각지 않

았다. 은거를 깬 지 오래되었다고 하나 지금까지 송암 이외에는 사람을 찾지도, 사람들이 찾아오지도 않았기 때문이다.

결국 추측만으로는 답을 찾을 수 없자, 송방이 묵포자에게 말했다.

"제가 나가서 살펴보고 오겠습니다."

"그래, 그러거라."

다시금 아무 일도 없었다는 듯이 무뚝뚝한 얼굴로 절을 하기 시작하는 묵포자를 뒤로하고, 송암이 걸음을 옮겼다.

'기감으로 사람을 찾는다니…… 대체 어느 정도의 경지에 올라야 그런 일이 가능할까?'

송암은 묵포자에게 검을 배우면서 어느덧 검기를 다룰 수 있는 경지에 올라 있었다.

검기는 최소한 반 갑자에 달하는 공력이 있어야 가능한 경지였다.

더구나 스스로 생각하기에 반 갑자를 넘어 일 갑자에 가까워졌기에, 검기를 능숙하게 다룰 수 있게 되었다고 자신하고 있었다.

하나 그럼에도 기를 운용하여 사람을 찾는 건 아직 상상하기 어려웠다.

'단순히 내기를 검에 담아 날리는 수준이 아니라, 기를 사방으로 뿜어내는 것이겠지? 그 정도로 기를 세밀하게 운

용할 수 있는 실력이라면, 현 자 항렬의 어른 중에서도 소수만이 가능한 수준일 텐데…….'

그런 생각을 하며 휑한 복도를 걷고 있던 송암은 곧이어 맞은편에서 이쪽으로 걸어오고 있는 존재를 눈치챌 수 있었다.

"……송하?"

진송하는 자신의 이름을 부르는 송암을 향해 어색하게 웃으며 입을 열었다.

"하, 하하. 안녕?"

실제로는 이 년 만에 보는 것이었지만, 진송하의 입장에서야 불과 며칠 만에 만나는 것이었다. 그럼에도 송암과 마주치니 어색한 기분이 드는 것을 막을 길이 없었다.

찌릿.

'윽! 얘 또 이러네?'

진송하는 속으로 그리 외치며 찔끔한 표정이었다. 송암이 오랜만에 무시무시한 눈으로 자신을 바라보고 있었던 것이다.

송암은 한동안 그저 바라보기만 하다가, 곧 무거운 어투로 입을 열었다.

"……설마 너 혼자 온 거냐?"

"아, 아니."

"그래……?"

진송하의 대답에 송암의 눈이 약간 부드러워졌다.

'하긴 말도 안 되지.'

혹여 기감으로 사람을 찾은 자가 진송하가 아닌가 하여 오랜만에 질투심에 타올랐으나, 다른 사람과 같이 왔다는 말에 그가 한 짓이 아니라 단정한 것이다.

"휴우."

사정을 모르는 진송하는 그제야 크게 숨을 내쉬었다. 무시무시한 시선에 내내 숨을 멈추고 있었던 탓이다.

잠시 숨을 고른 진송하는 둘이서만 계속 있는 게 영 불편해 서둘러 입을 열었다.

"아무튼 외원주께서 널 찾으신대. 공무 때문이라고 하니 서둘러 가는 게 좋을 거야."

"음……. 그래, 알았다."

진송하는 할 말을 다 했다는 듯 뒤로 돌아 걸어가려 했다.

하지만 그때 들린 송암의 말에 다시금 돌아봐야 했다.

"정신이 들었다는 말은 들었다. 다행이구나."

"……고, 고마워."

두 사람의 얼굴이 동시에 확하고 달아올랐다.

그리고 그런 서로의 얼굴을 확인하자 붉어진 얼굴이 더욱 붉게 달아오르니, 결국 두 사람은 마치 맞춘 듯 재빨리 고개를 돌려 동시에 반대 방향으로 걸음을 놀리기 시작했다.

'하여튼 정말 속을 알 수 없는 녀석이라니까.'

무섭게 쩨려본 게 바로 전인데, 갑자기 낯부끄러운 말을 내뱉으니 당황한 진송하였다.

자소전을 나온 진송하는 문 앞에서 자신을 기다리고 있는 현수와 송방의 모습을 보고도 전혀 놀라지 않았다. 이미 그들이 기다리고 있다는 사실을 알고 있었기 때문이다.

송방이 진송하를 바라보며 궁금한 얼굴로 물었다.

"너 얼굴이 왜 그래?"

아직도 진송하의 붉게 달아오른 얼굴이 가라앉지 않았던 것이다.

"아, 아무것도 아니야. 그리고 현수 사숙, 송암과 만나서 외원주께서 공무 때문에 찾으니 서둘러 가라는 말을 전하고 왔습니다."

"그래? 수고했구나. 그럼, 나는 여기서 송암을 기다리다 함께 갈 테니, 너희는 먼저 가 보거라."

도복을 사수하기 위한 현수의 몸부림이었다.

하지만 송방은 쉬이 넘어가지 않았다.

"에이, 조금만 기다리면 될 텐데요. 함께 내려가요, 사숙."

'역시 이 녀석이 무언가 눈치챈 게 분명하군!'

물론 그 어떤 정보도 주지 않았으니 송방이 무언가를 눈치챘을 리는 없었다. 그저 도둑이 제 발 저린 것이다.

"아, 아니다. 공무 때문이라 하지 않았느냐? 그러니 너희 먼저 내려가거라."

"그래, 우리 먼저 가자."

아까의 일 때문에 송암과 함께 움직이는 것이 내키지 않은 진송하까지 그리 말하자, 송방은 입맛을 다시며 말했다.

"쩝, 그럼 어쩔 수 없지. 가자, 송하야."

"응."

두 사람이 현수에게 인사를 하고 정문 쪽으로 걸어갔다.

현수는 그런 둘이 충분히 떨어졌다는 생각에 한숨을 쉬며 혼잣말을 했다.

"어휴, 다행히 내 새 도복을 사수하는 데 성공한 것 같군."

"응? 새 도복?"

정문 근처에서 진송하가 갑자기 고개를 갸웃거리며 내뱉는 말에 옆에서 같이 걷던 송방이 의문스런 얼굴로 물었다.

"새 도복이라니, 무슨 말이야?"

그 말에 진송하가 조금 전 현수가 한숨과 함께 내뱉은 말을 그대로 송방에게 전했다. 기감만이 아니라, 오감까지 발달한 진송하가 현수가 내뱉은 혼잣말을 들은 것이다.

진송하의 말을 통해 송방은 작은 눈을 찌푸리며 말했다.

"호오, 우리에게 무언가 숨기는 게 있으셨구먼!"

송방이 무언가 재미있는 걸 발견했다는 얼굴을 해 보이자, 진송하가 그런 송방에게 말했다.

"저기, 설마 다시 돌아가자는 건 아니겠지? 그냥 가자."

"응? 누가 뭐랬냐? 가자, 뭐하러 우리가 돌아가겠어."

그 말에 송암과 마주치지 않을 거라 생각한 진송하는 안심했지만, 그는 송방을 너무 몰랐다.

'흐흐. 새 도복이란 말이지?'

송방이 음흉한 웃음을 짓자, 진송하는 겨울도 아닌데 괜히 몸을 떨어야 했다.

현수는 자소전 앞에서 잠시 기다렸다가 송암이 묵포자와 함께 걸어 나오는 것을 보고 재빨리 고개를 숙였다.

"오랜만에 뵙습니다, 사숙."

"……그래."

'정말이지 송암과는 죽이 잘 맞을 것 같은 성격이시라니까.'

무당 내에서 묵유자와 묵포자, 그리고 송암은 재능이 뛰어나다는 점과 동시에, 말이 없고 무뚝뚝하다는 공통점이 있었다. 파고들어가 보면 조금씩 성격이야 다르겠지만, 제삼자가 보기엔 다 거기서 거기였기에 현수는 정말 잘 어울리는 사제지간이란 생각이 들었다.

하지만 이내 자신이 그런 생각을 했다는 사실에 놀라 속으로 외쳤다.

'허억! 아, 아니지! 송암의 사부는 바로 나잖아!'

비록 무공에 관해선 가르친 것이 쥐뿔도 없었지만, 묵진자와 함께 송암을 무당으로 데려온 것도 자신이었고, 구배지례를 올린 대상도 자신이었다.

그렇게 속으로 되뇐 현수는 묵포자를 정면으로 직시하며 말했다.

"제 제자가 신세를 지고 있어 정말 죄송스럽게 생각하고 있습니다."

"아니다. 내가 원해서 하는 것이니, 그리 신경 쓸 것 없다."

"아, 예."

눈치를 보니 묵포자는 전혀 신경 쓰는 기색이 아니었다.

덕분에 힘이 빠진 현수는 다시 눈을 내리깔았고, 그런 그를 향해 송암이 입을 열었다.

"그런데, 사부님. 사조께서 무슨 일로 저를 부르시는 건지요."

묵포자 앞에서 사부라 칭해지자, 현수는 그저 기뻐서 별 생각 없이 밝은 얼굴로 답했다.

"아, 그렇지. 이번 관건의 예 때 입을 도복을 맞춰 주시겠다는구나. 네 덕분에 나도 새 도복을 마련할 것 같다. 하하하."

그 말에 송암은 별생각 없이 묵포자를 돌아보며 말했다.

"사숙조께서도 함께 가시지요. 사흘 뒤 치를 관건의 예 때에 함께해 주셨으면 좋겠습니다."

현수는 그제야 자신의 실책을 깨달았다.

이제 보니 송방과 진송하만이 아니었던 것이다. 묵포자까지 따돌리고 나서 송암에게 말을 해 줬어야 하는데, 그만 사부란 말에 들떠서 실수를 저지른 것이다.

'아이고, 큰일 났구나! 사부님이 사숙조의 옷을 안 사 주실 리는 없으니, 이러면 내 몫이이이!'

현수가 조마조마한 마음으로 자신을 바라본다는 걸 아는지 모르는지 묵포자는 잠시 생각하는가 싶더니 무심하게도 고개를 끄덕이며 말했다.

"그래, 그러마."

"감사합니다."

감정 표현이 드문 송암의 얼굴에 기쁜 기색이 떠오르자 현수는 조금 전 기뻐하던 것도 잊고 재차 풀이 죽어야 했다. 새 도복을 받을 가능성이 줄어들었다는 사실보다 묵포자가 참석하겠다는 말에 송암이 저리 기쁜 표정을 지은 것이 섭섭했기 때문이다.

하지만 현수의 좌절은 거기서 그치지 않았다.

전기봉을 내려가는 송암의 얼굴에는 뒤늦게 의혹이 짙게 배어 있었다.

'대체 기감으로 우리를 찾던 자는 누구였지? 사부님일 리는 없지 않은가?'

그는 혹시나 싶어 옆에 찰싹 붙어 걷고 있던 현수를 돌아보며 물었다.

"사부님, 자소전엔 누구와 함께 오셨습니까?"

"응? 혼자 찾다가 시간이 지체될 것 같아서, 송방과 송하에게 도움을 받아 셋이서 찾았지."

그 말에 송암은 의외란 표정으로 뒤에서 따라 걷고 있던 묵포자를 돌아보며 물었다.

"……아까 분명히 기감을 이용해 저희를 찾는 자가 있다고 하지 않으셨습니까?"

송암의 질문에 묵포자의 얼굴에도 의혹이 어렸다.

"으음……. 글쎄다. 분명히 그런 기운을 느꼈는데, 이상하구나. 현수나 송 자 항렬의 아이들에게 가능한 일이 아닌데 말이다."

묵포자도 어찌 된 일인지 모르는 듯하자, 송암의 가슴속

깊은 곳에서 불안함이 떠오르기 시작했다.

'설마……. 아니, 그럴 리 없어.'

불안함과 함께 그의 머릿속에 그려진 존재는 다름 아닌 진송하였다.

송암에게 진송하는 복잡한 감정을 느끼게 하는 존재였다.

그 역시 송방과 마찬가지로 현은의 소개로 만나게 된 진송하에 대한 첫인상이 전혀 좋지 않았다. 다만 송방이 현은에게 맞은 일을 계기로 진송하에게 악감정을 품었다면, 송암은 그를 사형제로 인정하지 않고 철저히 무관심으로 대했을 뿐이었다.

그러던 것이 진송하가 대련을 하다 송방을 한주먹에 기절시키는 장면을 목격하고, 묵유자에게 가르침을 받은 것이라 생각해 질투심으로 바뀌었다.

하지만 송암은 스스로 노력을 통해 그런 질투심을 이겨냈다. 또한 이 년 전의 대련을 통해 증명까지 해내었다.

그런데 진송하가 또다시 송암의 감정을 뒤흔들고 있는 것이다.

이 년 동안 큰일을 당한 진송하를 드디어 다른 사형제와 마찬가지로 편한 마음으로 대할 수 있을 거라 생각했건만, 이번 일을 통해 다시금 자신의 감정을 뒤흔들고 있었다.

'호적수란 건가?'

의식하지 않으려고 했는데 계속 눈에 밟힌다.

송암은 결국 진송하와는 그럴 운명이라는 사실을 받아들이기로 마음먹었다.

'이 년 만에 또 한 번 맞부딪치겠군.'

송암의 눈이 아까 진송하를 처음 바라볼 때처럼 강하게 타오르기 시작했다.

묵포자는 그런 송암의 기색을 느낀 건지 뒤에서 옅은 미소를 지으며 바라봤다.

반면 현수는 전혀 눈치채지 못한 양 도복을 만지작거리며 입을 열었다.

"에휴, 많이 낡았구나. 이 상태로 조금만 더 지나면 아예 옷이 바스러지겠어."

실제로 그 정도까지 낡은 것은 아니었지만, 사전에 묵포자와 송암 두 사람에게 자신의 옷이 얼마나 낡았는지를 주지시키려 사전 작업을 벌이는 행동이었다.

"우리 제자가 대사형이 되는 날에 이런 옷을 입고 갈 수는 없는데……. 하지만 새 옷이 없으니……."

그리 말끝을 흐리며 슬며시 송암을 바라보는 현수였지만, 송암은 그의 말을 전혀 듣지 못한 양 정면을 강렬한 시선으로 바라볼 뿐이었다.

어쨌든 할 만한 건 다 했다는 생각에 가벼운 마음으로 송암, 묵포자와 함께 오룡궁에 위치한 묵진자의 집무실에 들어선 현수는 입을 쩍 벌리며 묵진자를 바라봐야 했다.

　아니, 정확히 말하자면 그의 시선은 묵진자가 아니라, 헤픈 웃음을 지으며 묵진자의 어깨를 주무르고 있는 송방과 열심히 다리를 주무르는 진송하를 향해 있었다.

　송방이 얼어붙은 현수를 향해 짓궂게 웃으며 말했다.

　"헤헤. 먼저 와서 기다리고 있었습니다."

　묵포자만이라면 또 몰라도 송방과 진송하까지…… 예상보다 셋이나 늘었으니 현수는 사부가 결코 자신의 새 도복을 사 줄 리 없다는 생각에 나락에 빠져야 했다.

　'내, 내 옷이 저 먼 곳으로 날아가는구나……'

六章

불청객이 난입하다

"야야, 저 풀 죽은 모습 좀 봐라. 이거 왠지 죄책감마저 드는데?"

묵진자의 명에 제일 앞서 걸으면서도 잔뜩 풀이 죽은 현수의 모습에 송방이 진송하에게 귓속말로 그리 말했다.

하지만 진송하는 거기에 신경 쓸 겨를이 없었다. 송암이 오룡궁에서부터 내내 자신을 무서운 눈으로 바라보더니, 지금도 뒤에서 자신을 그런 시선으로 바라보고 있다는 걸 느끼고 있었기 때문이다.

'어째서 넌 여자애보다 더 변덕스러운 거야!'

원인 제공자가 자신이란 사실을 모르는 진송하는 오락가락하는 송암의 태도에 속으로 그리 부르짖었다.

무위, 그리고 자신을 본다는 게 결코 쉬울 리 없었다. 그렇지 않다면 무위만을 좇아 살았다는 진 노인의 성격이 그리 꼬장꼬장할 리가 없었다.

진송하도 겨우 검과 자신을 바라보는 수준에 그쳤을 뿐, 타인의 경쟁심에 아랑곳하지 않고 자신을 지킬 정도까지는 못 되었기에 이리 불편한 것이다.

'에휴. 올곧게 나를 본다는 게 이렇게 힘든 건가? 뭐, 그래도 과거처럼 이기고 싶다는 마음은 들지 않으니, 이 정도로 만족해야지.'

최소한 피동적이었던 예전과는 다르게 능동적인 사고를 할 수 있었기에 불편함만을 느낄 뿐, 송암의 투기에 맞서 다투고 싶은 마음이 일지 않았다.

하지만 그러한 태도를 자신을 무시하는 것으로 생각한 송암이 더욱 무서운 기세를 뿜어내는 것만은 어쩔 수 없었다.

'허허.'

제일 뒤에서 뒤따르던 묵포자는 풀이 죽어 있는 현수와 무시무시한 눈을 하고 있는 송암, 그리고 그 눈초리를 받고 곤란해하는 진송하를 바라보며 옅은 미소를 짓고 있었다.

'이런 것도 나쁘지 않구나.'

오랫동안 자신만의 세계에서 괴로워했던 묵포자에겐 이

런 사람과의 관계에서 이루어지는 미묘한 감정선이 기분 좋
게 느껴졌던 것이다.

'그나저나 저 아이는 정말 몰라보게 달라졌군.'

송암의 의문을 통해 설마 하는 생각을 했었다. 아마 의심
을 하지 않았다면 알아보기 어려웠을 터였으나, 지금 뒷모
습을 보아하니 분명히 자소전에서 기감을 넓혀 자신들을 찾
던 존재는 겨우 송암과 비슷한 또래로 보이는 저 진송하란
아이가 분명했다.

'발걸음 하나도 저리 자연스럽다니……. 자신의 몸에 대
해 이미 파악한 것 같지 않은가?'

과거 소천중과 비무를 치르고 나서 송암을 통해 진송하
란 아이에 대해 들었던 묵포자는 대체 저 아이를 저리 기른
존재가 누구인지 궁금해졌다.

'나와는 다른 길을 걷는 자이지만, 나와는 비교도 할 수
없을 정도로 깊은 깨달음을 이룬 자가 분명하다.'

당연히 현은이나 묵유자, 묵경자나 진 노인일 리 없었다.

'설마 소문대로 정말 진무대제께서 현신하셔서 가르치기
라도 했단 말인가?'

도덕경과 관련된 이야기는 직접 관계된 사람이 아니라면
알지 못했으나, 송방이 입이 간지러운 것을 참지 못하고
두루뭉술하게 떠들어 대었다. 그것이 어느새 진송하를 가
르친 것이 진무대제라는 말로 와전되어 소문이 돌고 있었

던 것이다.

허황된 이야기였기에 소문만 돌 뿐, 그것을 믿는 자는 아무도 없었으나, 묵포자는 지금의 진송하의 모습에서 그 소문을 진지하게 생각해야 했다.

송암에 이어 묵포자마저 자신을 신경 쓰기 시작하자, 이를 느낀 진송하가 더욱 불편해진 건 두말할 나위 없었다.

'아, 진짜 너무하네! 대체 내가 뭘 잘못한 거야?'

하지만 그런 기분도 어느새 산 아래에 보이기 시작한 커다란 건축물들을 보는 순간 날아가 버렸다.

"저, 저게 설마?"

눈을 커다랗게 뜨며 내뱉는 말에 옆에서 걷던 송방이 웃으며 말했다.

"흐흐! 맞아. 저곳이 바로 속가제자들의 본거지라 할 수 있는 우진궁이야."

영락제가 장삼봉을 기리고자 명하였고, 십이 년의 세월을 거쳐 지어진 서른세 칸에 달하는 건물들이 그 웅장함을 뽐내고 있었다.

진송하는 그제야 자신이 진 노인과 현은에게 거두어진 이후 난생처음으로 산 아래로 내려간다는 사실을 뒤늦게 깨달았다.

"금전에선 나무들에 가려 조천궁과 오룡궁을 볼 수 없었지만, 그곳들도 위에서 내려다보면 저런 모습이겠지?"

"뭐, 그렇겠지. 사실 다 같은 시기에 만들어졌으니까 말이야."

그때 뒤에서 묵진자의 음성이 들려왔다.

"현수야, 우진궁에는 들르지 말고 돌아가자꾸나. 괜히 우(尤) 어르신에게 잡혔다간 오늘 내에 일을 끝내기 힘들 테니 말이다."

"예에."

"쯧쯧."

여전히 풀 죽은 음성으로 말꼬리를 쭈욱 늘이는 현수의 태도에 묵진자가 혀를 찼다.

'묵포 앞에서 저런 궁색 맞은 행동을 하다니. 내 네놈의 도복을 사 주나 봐라!'

묵진자가 평소 말을 함부로 해도 현수는 자신의 유일한 제자였다. 현수가 아무리 부족해도 노력하는 모습을 보여 주변 사람들에게 칭찬을 들을 때는 그도 기분이 좋아졌고, 혹여나 흉을 듣는다면 기분이 상하는 거야 당연한 이치였다. 애초에 사부의 마음이란 매한가지인 법이니 말이다.

그런데 오랜만에 발걸음을 한 묵포자가 옆에 있는데도 저런 불성실하고 풀 죽은 모습을 하고 있으니, 그의 기분이 상한 건 두말할 나위 없었다.

물론 묵진자가 미리 상황을 읽고 현수에게 도복을 사 줄

거라 확언만 해 주었다면 저러지 않았을 터였다. 또한 현수
가 미리 좌절하지 않고 좀 더 자신의 도복을 사수하기 위해
노력했다면 묵진자가 이러지도 않았을 터였다.

확실히 현궁의 생각대로 묘하게 비틀어진 사제 관계라
하지 않을 수 없었다.

한편 송방은 재차 진송하를 위해 묵진자가 언급한 우 어
르신이란 사람에 대해 떠들어 대고 있었다.

"우중교(尤重鮫) 어르신은 속가제자 중 가장 연배가 높
으신 분이야. 별호는 백승진인(百勝眞人). 젊은 시절에 무
려 백 번의 비무에서 단 한 번의 패배도 하지 않고 승리를
쟁취하신 역대 무당파 속가제자 중 제일의 고수이시지. 덕
분에 현재 도사가 아닌 속가제자임에도 유일하게 별호에 진
인이라 불리는 분이야. 또한 유일한 속가 출신 장로이시기
도 하고."

"진인? 장로?"

진인이라면 속가제자이면서 도사란 말인가? 더구나 속가
제자에게 장로란 또 무슨 말인가?

진송하가 그런 궁금함을 담아 되묻자 송방이 예상했다는
듯 씨익 웃으며 설명을 이어 갔다.

"내가 아까 말했잖냐. 도호가 아닌 별호라고. 도사는 아
니야. 그냥 하는 행동거지가 워낙 도사 같으셔서 뭘 모르는
사람들이 붙여 준 것이지. 그래서 밖에서 백승진인이라 불

리면, 언제나 손사래를 치며 부인을 하신다나? 그리고 장로라 불리는 이유는 우중교 어르신이 바로 저기 우진궁의 주인이시기 때문이지. 속가제자라서 주인이란 뜻을 담은 궁주라는 직함은 쓰지 못해서 그냥 장로라 불리는 거지만, 사실 장로 중에서도 보통 장로는 아닌 거지. 장문인이나 저기 외원주보다 연세도 높아서, 아마 너네 할아버지랑 비슷할걸?"

"그렇구나."

진 노인과 연배가 비슷하다는 말에 진송하는 자연스레 풍채 당당한 유극 진인의 모습을 떠올렸다.

"한번 뵙고 싶네."

"크큭! 아서라. 그분이 도사라면 끔뻑 죽는 분이라서 산에서 내려오는 도사가 눈에 들어오면 어떻게든 우진궁 안으로 데리고 들어가서, '도사란 이래야 한다, 저래야 한다'고 하시는 통에 다들 기피 대상 일 호로 지정해 놨다니깐? 오죽하면 아까 외원주께서도 그런 말을 하셨겠냐?"

이번에 진송하의 머릿속에 떠오르는 건 도에 대해 일장연설을 늘어놓는 진 노인의 모습이었다.

"……무언가 전 장문인과 할아버지를 반반씩 섞어 놓은 모습이 떠오른다."

"으음……. 그렇게 생각하니 정말 비슷한 것 같기도……."

땡땡땡!

그때 갑자기 우진궁에서 세차게 종소리가 울려 퍼졌다.

묵진자가 그 소리에 안색을 굳히며 말했다.

"이건 경종(警鐘)인데, 무슨 일이 있는 건가?"

어느새 근처까지 내려왔기에 담이 가로막고 있어 상황을 바로 알 수는 없었다.

결국 여섯 사람은 어쩔 수 없이 우진궁을 향해 걸음을 돌려야 했다.

"크아악!"

한 사내가 피를 뿜으며 쓰러지자 백발이 성성한 노인이 외모에 어울리지 않게 무섭게 인상을 쓰며 부르짖었다.

"대체 이게 무슨 짓이오!"

"그러게 누가 막으라 했소?"

냉막한 얼굴로 답은 한 건 중년의 비구니였다. 오른손에 쥔 그녀의 검에서 피가 뚝뚝 흐르는 것으로 보아 필시 손을 쓴 본인임이 틀림없었다.

그녀의 말에 노인이 재차 분한 얼굴로 부르짖었다.

"아니, 그럼 그리 살기를 풀풀 날리며 무당산을 오르려 하는데, 어찌 막지 않을 수 있단 말이오? 더구나 부처님을 모신다는 자가 어찌 이리 손속이 잔인하오!"

"흥! 역시 무당도 다했군. 살가죽만 벤 걸 못 알아보고 그리 흥분하다니."

그 말에 놀라 쓰러진 사내를 돌아본 노인은 곧 그의 상처가 그리 깊지 않다는 사실을 깨달을 수 있었다. 생각지도 않게 우진궁에서 속가제자 하나가 피를 흘리며 쓰러지자 너무 흥분해서 자세히 살필 여유가 없었던 것이다.

하지만 그렇다고 진짜 살가죽만 벤 정도는 아니었다. 사내의 입장에선 앞으로 평생에 남을 상처였다.

더구나 무당을 업신여기는 저 태도라니!

노인, 우진궁을 책임지는 백승진인 우중교는 결국 참지 못하고 검을 뽑아 들며 외쳤다.

"제자들은 물러서거라!"

검진이라도 펼치라 명할 줄 알았던 무당의 속가제자들은 우중교의 말에 다들 놀란 얼굴을 하면서도 명에 따라 뒤로 차츰 물러났다.

평소 우중교의 통솔력이 어느 정도인지 짐작할 만한 장면이었다.

하지만 그런 모습에 오히려 비구니는 코웃음을 치며 말했다.

"흥! 우리의 실력을 알아보다니, 그래도 백승진인이라는 별호가 괜히 붙은 건 아닌가 봅니다."

비구니의 말에 내내 옆에서 근엄한 얼굴로 서 있던 학자풍의 중년인이 고개를 끄덕이고는 앞으로 나서며 말했다.

"계속 사태께만 부담을 지울 수는 없으니, 이번엔 내가 나서지요."

그 말에 비구니가 뒤로 한발 물러서면서도 재차 코웃음을 치며 말했다.

"흥! 화산제일검의 호승심을 제가 모릅니까? 괜히 제 평계 대지 마세요."

그 말을 들은 우중교가 놀란 얼굴로 혼잣말을 내뱉었다.

"화, 화산제일검?"

화산제일검(華山第一劍) 종신우(鍾愼宇).

별호만으로 그를 표현하는 데는 부족함이 있었다. 화산 최고의 검수일 뿐만 아니라, 소천중과 마찬가지로 오대성왕에 근접해 있다는 고수였다. 아무리 우중교가 연배가 많고, 백승진인이라 불린다고는 하나, 종신우의 명성에 비하면 많이 부족한 형편이었다.

'검을 든 비구니야 아미파의 인물이라는 걸 예상했다지만, 화산파는 왜 무당에 찾아왔단 말인가? 자, 잠깐? 설마 저 비구니는……?'

종신우와 함께 있는 비구니.

우중교의 머릿속에 한 비구니의 법호가 떠올랐다.

"설마 당신은 다한 사태(多閑師太)?"

"흥!"

코웃음을 치는 모습이 긍정하는 건지, 부정하는 건지 알 수 없었다.

하지만 우중교는 그녀가 종신우 못지않은 고수이면서 아미파에서도 가장 다혈질이고 손속이 매섭다는 다한 사태임을 확신했다.

종신우와 다한 사태 모두 강호에서 적수를 찾아보기 힘들다는 절세의 고수들이었다.

대체 이들이 무슨 일로 무당을 찾아와 행패를 부리는 것일까?

'이건 결코 나 혼자 감당할 만한 일이 아니다.'

아무리 우중교가 우진궁과 속가제자를 책임지는 장로의 위치에 있다고는 하나, 무당의 정식 제자는 아니었다.

경종이 울렸으니 내원에도 곧 연락이 닿을 터. 그때까지만 이들을 붙들고 있으면 되었다.

그렇다면 제자들과 함께 검진으로 상대하는 것이 좋았다.

하지만 괜히 그의 별호가 백승진인이겠는가?

우중교는 종신우가 내뿜는 투기에 투기로 응수하며 말했다.

"화산의 검을 상대할 수 있어 영광이오."

"이리 나설 수밖에 없는 못난 후배의 사정을 알아주시기를."

"뭐? 그들이 무당을 왜 찾는단 말이냐?"

조천궁 내 집무실에서 묵유자가 의혹이 가득한 얼굴로 묻자, 맞은편에 서 있던 현상이 약간은 능청스런 얼굴로 말했다.

"글쎄요. 뭐, 산천 구경할 목적으로 여행을 하다 우연히 무당산에 당도한 것은…… 아니겠지요?"

"허! 객쩍은 소리는."

"하하."

약간은 버릇없어 보이는 말투였으나, 묵유자는 익숙한 듯 전혀 화난 기색을 보이지 않았다.

오 년 전 무림맹에서 온 이 사질은 어린 시절에 사부인 묵조자와 함께 무림맹으로 떠났다가, 불과 일 년도 채 흐르지 않아 사부가 마교의 구장로인 청수마의에게 목숨을 잃은 비극을 당하고 말았다.

사부를 잃은 이후에도 무슨 이유에서인지 본인의 의지로 무림맹에서만 생활해 온 그는 무림맹에 파견된 다른 사백과 사질 들에게 무당의 무공을 조금씩 전수받았고, 현재에 이르러서는 동배의 도사들에 비해 결코 낮지 않은 실력을 지니고 있었다.

그러니 묵유자로서는 그가 사부 없이 홀로 이렇게 장성한 것만으로도 만족해했다. 말투나 행동거지가 좀 가벼워 보이는 구석이 있음에도 지금처럼 전혀 개의치 않는 것은 그런 사정 때문이었다.

묵유자가 웃고 있는 현상을 바라보며 말을 이었다.

"어쨌든 그들이 네 말대로 무당에 들르는 것이 목적이라면, 결코 가벼이 여길 일이 아니다. 네가 그래도 그들과 안면이 있다 하니, 직접 내려가 모시고 오는 게 좋겠구나."

"예, 그리하겠습니다."

현상이 여전히 실실 웃는 낯으로 그리 말하고는 집무실을 나가자, 홀로 남은 묵유자는 앞에 놓인 찻잔의 주둥이를 손가락 끝으로 쓰다듬으며 중얼거렸다.

"큰일은 없어야 할 텐데……."

무당이 무림맹에서 탈퇴한 지도 어느덧 오 년이란 세월이 흘렀다.

현재 전혀 활동을 하지 않고 있는 무당은 대외적으로 봉문 중인 것으로 여겨지고 있었다.

이는 애초에 묵유자가 노리던 바였다. 무림맹과 황실에 피해를 주지도 받지도 않으려는 계산이 깔린 행동이었기 때문이다.

그렇게 어느덧 오 년이란 세월이 흐르고, 이제는 조금씩 움직일 때라고 생각하는 묵유자였다.

현재도 옥 광산은 무림맹이 관리하고 있었다.

그것이 무당이 무림맹을 탈퇴했기 때문인지, 무림맹이

이후 여러모로 황실의 비위를 맞추려 노력한 탓인지, 그것도 아니면 황실에 있어 옥 광산의 관리권이 그다지 신경 쓰일 정도로 대단한 것이 아니었는지는 모르는 것이다.

어찌 되었든 묵경자가 황실을 떠난 후로도 오 년이란 시간 동안 변화가 없었다는 점이 중요했다.

더구나 황제가 전 황제의 제호를 회복시켰다는 소식도 상당히 여러 의미를 함축하는 중요한 일이었다.

일단 과거의 일을 묻지 않겠다는 뜻으로 봐도 무방했고, 황제의 성정에 변화가 찾아왔다고도 볼 수 있었다.

만약 그것이 외부의 압력에 의한 일이었다고 해도, 전 황제의 제호를 회복시킨 힘이라면 결코 무당과 무림에 나쁜 영향을 미치지는 않을 터였다.

'드디어 움직일 때가 되었는데, 그들은 왜 이곳을 찾은 건가……'

그때 갑자기 문이 열렸다.

이미 누군가 오고 있었다는 걸 눈치채고 있던 묵유자였지만, 들어온 자가 방금 나간 현상이라는 사실에는 놀라야 했다.

"아니, 왜 다시 들어온 것이냐?"

"아무래도 장문인께서 직접 나서셔야 할 것 같습니다."

아까와 다르게 조금이나마 진지해진 현상의 얼굴 때문에 묵유자는 얼굴을 찌푸리며 되물었다.

"그게 무슨 말이냐?"

"우진궁에서 경종이 울렸습니다. 아무래도 그들과 우진궁 사이에 문제가 생겼나 봅니다."

'으음. 결국 좋지 못한 일로 왔단 말이구나!'

묵유자는 안색을 굳히며 현상과 함께 집무실을 나가 우진궁으로 향했다.

◉

우중교는 자신이 이길 거란 생각은 하지 않았다. 무당 내에서 화산제일검을 상대할 자는 내원 내에서도 한 손에 꼽을 정도일 테고, 속자 제자로서 진산절기를 익히지 못한 자신은 결코 그 안에 들지 못한다는 사실을 알고 있었기 때문이다.

하지만 설마 단 한 수에 그의 검이 자신의 목젖에 닿을 것이라고는 절대 상상하지 못했다.

'젊은 시절이었다면 이리 허망하게 당하지는 않았을 터. 정녕 아쉽구나, 아쉬워!'

종신우가 여전히 검을 우중교에게 겨눈 채 말했다.

"제가 지금 쓴 것이 바로 진정한 화산의 매화검입니다."

"그렇군. 내 지금에서야 경험한 매화검이야말로 진짜라는 걸 인정하네."

타인은 알아듣지 못할, 오로지 대화를 나누는 장본인들만이 알 수 있는 대화였다.

우중교가 과거에 별호대로 정말 백 승을 거뒀고, 그가 비무를 청한 상대들은 모두 가벼이 볼 수 없는 고수들이었다.

그중에는 화산파의 인물 역시 끼어 있었는데, 그 인물이 쓰던 검법이 바로 매화검이었다.

결국 종신우는 그때 우중교가 이긴 매화검은 진정한 매화검이 아니라 말한 것이고, 우중교 역시 그 말을 인정한 것이다.

그제야 작은 목표를 이뤘다고 생각한 종신우는 검을 거둬들이려 했다.

그런데 바로 그때였다.

쿠아아─!

갑자기 왼쪽에서 어마어마한 속도로 강맹한 기운이 종신우를 정확히 노리고 짖쳐 드는 것이 아닌가?

대경한 종신우는 검을 거둬들이다 말고 재빨리 그 기운을 향해 검을 내질렀다.

쾅!

한차례 무거운 울림이 우진궁 전체로 퍼져 나가며 흙먼지를 일으켰다.

"쿨럭!"

종신우는 뒤늦게 대처하는 바람에 한 움큼의 피를 울컥

토해야 했다.

'누구냐? 대체 무당에서 누가 이리 패도적인 기운을?'

바람이 일어 한순간에 흙먼지를 씻어 냈다.

종신우의 시야에 들어온 건 나이가 제각각인 여섯 사람이었다.

당연히 그들은 경종을 듣고 서둘러 달려온 진송하 일행이었다.

그중에서도 부러져서 두 쪽이 난 검을 빼 들고 선 자를 종신우는 알아보았다.

"삼절마검!"

그 말에 잠깐 눈이 흔들렸던 묵포자였지만 곧 예의 무심한 얼굴을 되찾았다.

그리고 종신우의 외침에 응한 건 묵포자가 아닌 뒤에 서 있던 묵진자였다.

그가 묵포자의 어깨를 잡고 앞으로 나서며 입을 열었다.

"대체 무당에서 이 무슨 행패요!"

그의 귓가에 묵포자의 전음이 들렸다.

"사형, 그들은 화산제일검 종신우와 아미파의 다한 사태입니다."

"으음!"

묵포자를 통해 그들의 정체를 알게 되자, 묵진자의 얼굴이 대번에 굳었다.

'대체 이들이 무슨 일로 무당에?'

종신우가 가볍기는 하나 내상을 당했기에 이를 다스리는 동안, 다한 사태가 묵진자 앞으로 나서며 냉랭한 얼굴로 입을 열었다.

"당신이 장문인이오?"

"난 외원을 책임지고 있는 묵진자라 하오."

"그럼 어서 장문인께 안내해 주시오. 우린 당신네 장문인에게 볼일이 있는 거니까."

마치 지금까지 자신들이 벌인 일을 완전히 잊었다는 태도였다.

하지만 도중에 도착한 묵진자가 대충 주변을 둘러보는 것만으로도 상황을 유추할 수 있을 정도로 일은 벌어져 있었으니, 이를 그냥 넘길 수는 없었다.

"볼일은 장문인께 있는데, 왜 애꿎은 우진궁에서 와서 행패를 부린 거요?"

"행패는 저들이 벌인 거요. 우리를 막은 건 저들이니 말이오."

그 말에 묵진자가 한쪽에 서 있는 우중교를 돌아보자, 우중교가 그에게 전음을 날렸다.

"완전히 틀린 말은 아니네. 다만 무당산을 오르려는 그들이 살기를 풀풀 날리는 바람에 막았던 것인데, 저 사태가 조금의 망설임도 없이 막아선 아이를 베더군. 그래서 상황

이 이리된 것이라네."

'완전히 틀린 말은 아니라고?'

묵진자는 올곧기로 유명한 우중교의 입에서 나왔다는 말임을 고려하여 상황을 유추한 후, 어이가 없어 다한 사태를 향해 입을 열었다.

"그래, 할 일을 했을 뿐인 아이를 다짜고짜 검으로 베어 놓고서, 지금 우리가 행패를 부렸다고 말하는 것이오?"

"미안하게 됐군. 설마 그 느린 검을 피하지 못할 정도로 실력이 형편없을 줄은 몰랐소."

'뭐, 뭐 이런 안하무인인 년이!'

평소 제자인 현수에게가 아닌 한, 감정을 다스리는데 이골이 나 있던 묵진자도 다한 사태의 어이없는 태도에는 화가 나 얼굴을 붉힐 수밖에 없었다.

묵진자가 이 지경인데 다른 사람이라고 가만히 있었을까?

묵포자가 어느새 검집에 꽂아 넣은 검에 다시금 손을 가져갔고, 심지어는 심약한 현수와 내내 뒤에서 구경만 하고 있던 송암, 송방, 그리고 진송하마저도 화난 얼굴로 다한 사태를 무섭게 쏘아봤다.

하지만 다한 사태는 그런 사람들의 눈빛을 도도한 표정으로 다 받아 내었다.

그때 다한 사태의 뒤에서 어느새 내상을 다스린 종신우

가 다가와 그녀의 옆에 서서 말했다.

"제자를 잃어 화가 난 우리들의 심중을 헤아려 주시길 부탁합니다."

하찮은 변명이었다면 그저 무시했으리라. 하지만 제자를 잃었다는 말은 결코 그냥 넘길 말이 아니었다.

심지어 내내 표독스런 눈을 하고 있던 다한 사태의 눈가에 갑자기 눈물이 어렸다.

그녀의 돌변한 모습에 내내 화가 나 있던 모두가 당황해야 했다.

눈치는 송방 못지않은데다 연륜까지 갖춘 묵진자는 그제야 상황이 이상하게 돌아간다는 걸 눈치챌 수 있었다.

'화산제일검과 아미의 다한 사태가 제자를 잃고 무당에 와서 행패를 부린다? 허억! 서, 설마?'

이내 그들의 제자가 누구인지 떠올린 묵진자는 속으로 매우 놀라면서도 겉으로는 전혀 내색하지 않은 채 재빨리 입을 열었다.

"여, 여기서 이럴 게 아니라 우선 산으로 올라 이야기를 나누지요!"

그 말에 무당의 인물들이 일제히 놀랐다.

분명 저들이 잘못을 저질렀건만 아무것도 따지지 않고 무당산으로 들이겠다니?

우중교가 잔뜩 화가 난 얼굴로 부르짖었다.

"외원주! 대체 그게 무슨 말인가?"

하지만 묵진자는 못 들은 척 재빨리 종신우와 다한 사태를 이끌며 현수에게 말했다.

"너는 이곳에 남아 뒤처리를 하거라!"

"예? 아, 예. 알겠습니다."

오히려 너무도 어이없는 묵진자의 행동에 현수는 얼떨떨한 얼굴을 하면서도 알겠다고 답했다.

묵진자는 우중교에게 전음을 날리는 걸 잊지 않았다.

"이번 일은 일단 조용히 넘어가는 게 좋겠습니다. 제가 나중에 사정에 대해 알려 드리겠습니다."

"크흠!"

우중교는 평소 묵진자의 능력을 알고 있었기에, 결코 받아들일 수 없는 상황이었음에도 무겁게 헛기침을 내뱉는 것으로 불편한 마음과 함께 긍정의 뜻을 전했다.

묵진자는 송암, 송방, 진송하를 둘러보다가 마지막으로 묵포자를 바라보며 전음을 날렸다.

"미안하지만 묵포, 네가 어서 장문인게 달려가 소식을 전해 드리거라. 화산제일검과 다한 사태가 제자를 잃었다며 무당에 찾아왔다고 말이야."

"알겠습니다."

워낙 시급을 다투는 일이라 생각했기에 묵진자는 송 자 항렬의 아이들이 아닌, 좀 더 빠르게 소식을 전할 수 있는 묵포자에게 일을 맡긴 것이다.

묵포자가 먼저 신형을 날려 산 위로 사라지고, 묵진자는 소란스런 우진궁을 뒤로한 채 종신우, 다한 사태를 안내해 무당산을 오르기 시작했다.

진송하와 송방, 송암 셋은 한동안 눈치를 보다가 멀찌감치 떨어져 산을 오르는 묵진자들의 뒤를 따르고 있었다.

그들이 고수임을 알아봤기 때문일까?

상당한 거리가 있음에도 송방이 조심스레 옆에 걷던 송암을 향해 귓속말을 했다.

"야, 대체 상황이 어떻게 돌아가는 거냐?"

"모르겠다. 하지만 필시 무슨 사정이 있는 걸 테지."

"쳇! 누가 그걸 몰라서 물었나?"

뚱한 얼굴이 된 송방이 이번엔 반대편에서 걷던 진송하를 돌아보며 물었다.

"송하야, 넌 어떻게 생각하냐?"

"저 두 분이 제자를 잃었다고 하셨잖아. 외원주께서 이상하게 행동하시는 건 그것 때문일 테지."

"아, 진짜 이것들이! 누가 그걸 모르냐고! 그러니까 대체 제자를 잃은 거랑, 외원주께서 저리 행동하시는 거랑 무슨 상관이냔…… 으읍!"

갑자기 흥분해서 언성을 높이는 송방의 행동에 진송하와

송암이 앞서 걷는 어른들의 귀에 들어 갈까 싶어 동시에 한 손을 들어 송방의 입을 막았다.

찌릿!

송암이 송방의 입을 막은 상태로 맞은편의 진송하를 쌔려봤다. 그의 손보다 진송하의 손이 먼저 송방의 입에 닿았기 때문이다.

안 그래도 기이하게 돌아가는 상황 때문에 머리가 어지러운데, 송암이 또다시 무서운 눈으로 바라보자, 진송하는 더는 참을 수 없었다.

"야, 넌 도대체 왜 나를 그런 식으로 쳐다보는 거야?"

"……네가 상관할 바 아니다."

아니, 자기를 쌔려보는데 상관할 바가 아니라니?

평소 송암이 영특하다는 걸 알고 있던 진송하는 그가 어울리지 않는 변명을 하자 어이가 없었다.

"너 지금 그게 말이 된다고 생각해?"

"신경 꺼라."

"계속 그렇게 쌔려보는데 어떻게 신경을 안 써?"

그 말에 잠시 당황한 송암은 머뭇거리다 오히려 더욱 무서운 얼굴로 진송하를 쏘아보며 말했다.

"그건 네 집중력이 부족한 탓이다."

갈수록 가관이다. 아마도 한 번 억지를 부리자 익숙해진 것이리라.

진송하는 어이가 없어 툭 쏘아 댔다.

"나 집중력 좋거든? 네 눈이 너무 무서운 거라고!"

"내 눈이 무섭다고 한 자는 네가 처음이다."

"그거야 네가 나한테만 그런 눈을 하니까 그렇지!"

참으로 유치한 말장난을 주고받는 두 사람이었다.

둘 모두 그런 말들을 내뱉을 성격이 아니었음에도 서로를 향해 그러는 게 송방이 보기에는 더할 나위 없이 신기했다.

하지만 오히려 그럼으로써 상대방을 향한 감정을 조금씩 해소해 나갈 수 있었다.

만약 이러지 않았다면 분명 검을 겨누는 것으로 서로의 감정을 쏟아 내었으리라. 이를 감안하면 차라리 다행인 상황이라 할 수 있었다.

"으으으읍!"

그때 갑자기 들려온 소리에 진송하와 송암이 송방을 돌아봤다.

새빨개진 얼굴에 충혈된 눈.

"아차!"

"아!"

왜 그런 건지 깨달은 두 사람이 급하게 송방의 입에서 동시에 손을 떼었다.

"푸하아! 헥헥! 이 망할 녀석들이! 니들 방금 나 죽이려고 했지?"

두 사람은 변명할 길이 없었기에 어색한 얼굴로 송방을 향해 동시에 사과를 건넸다.

"미, 미안해."

"깜빡했다."

하지만 진짜 숨 막혀 죽을 뻔한 송방이 겨우 사과 한마디로 넘어 갈까?

"이 독한 놈들! 이거 진짜 나중에 서열 정리를 해? 니들 관건의 예 때 두고 보자! 다 죽었어!"

"관건의 예?"

"헙!"

무슨 말인지 몰라 송암이 의혹 어린 시선을 하며 그리 묻자, 송방이 아차 하는 얼굴로 입을 다물었다.

하지만 송암의 영특한 머리는 그 정도 단서만으로도 상황을 유추해 내었다.

"관건의 예 때, 송 자 항렬들끼리 비무라도 벌인다는 말이냐?"

"젠장, 들켰네! 뭐, 그래도 난 두 달 전부터 알고 있었지롱. 흐흐. 즉, 이 몸은 사흘 후를 대비해서 두 달 동안 맹훈련을 하고 있었다, 이 말이야! 니들 다 죽었어!"

"흐응."

"역시 그랬군."

어째 진송하나 송암이나 전혀 놀라거나 겁먹은 눈치가 아니었다. 두 달 동안 맹훈련을 했을 리가 없다고 생각하거나, 그랬다고 해도 크게 위협을 못 느끼는 것이 분명했다.

물론 그런 반응이 송방의 화를 더욱 부채질한 건 당연지사였다.

얼굴을 한껏 붉히며 고함을 치려는데, 그때 위쪽에서 묵진자의 고함이 들려왔다.

"좀 조용히 하지 못할까!"

셋 모두 아차 하는 얼굴로 고개를 들어 위쪽으로 바라보자, 종신우와 다한 사태가 어이없어하는 표정으로 이쪽을 바라보고 있었다.

묵진자는 현재의 송방과는 비교도 할 수 없을 정도의 화난 얼굴로 송방을 내려다보고 있었다.

"이씨, 소리는 쟤들이 다 냈는데……."

볼멘소리를 내는 송방이었다. 당연히 억울했기 때문이다.

하지만 묵진자는 그런 송방의 소심한 반항조차 받아 주지 않고 더욱 인상을 쓰며 외쳤다.

"어허!"

"히잉, 죄송합니다."

묵진자는 풀 죽은 음성으로 그리 말하는 송방에게 여전히 엄한 낯을 해 보였으나, 실제 속마음은 달랐다.

'미안하구나. 그나마 네가 제일 어려 보이는 걸 어쩌겠

느냐?'

묵진자가 송방에게만 화를 낸 이유는 다른 게 아니었다.

가뜩이나 무당에 좋지 않은 감정을 품고 있는 종신우와 다한 사태가 후에 무당을 이끌어 갈 아이들에 대한 인상을 나쁘게 가진다면 좋을 게 없었다.

그래서 그나마 나이 어린 송방 탓으로, 아이들이 아직 어려서 그렇다는 식으로 둘러댄 것이다.

"크흠! 애들이 아직 어려 그런 것이니 좀 봐주시기를."

묵진자 나름의 처세술에 종신우는 별다른 표정을 짓지 않았지만, 다한 사태는 오히려 제자의 옛 모습을 떠올렸는지 지금까지의 행동과는 다르게 애틋한 시선으로 아이들을 바라봤다.

'휴우.'

묵진자는 자신의 처세술이 제 몫을 했기 때문인지는 알 수 없으나, 그들에게서 특별히 언짢은 구석을 찾기 어렵자 속으로 안도의 한숨을 내쉬었다.

"……?"

반면 묵진자의 호통을 그대로 들은 송방이나, 진송하, 송암은 다한 사태의 눈빛에 더욱 제자를 잃었다는 두 사람의 사정이 궁금해졌다.

덕분에 세 사람 모두 입이 간질거리는 걸 참느라 애써야 했다.

특히 진송하는 다한 사태의 눈빛에서 현은이 과거 자신을 바라볼 때와 비슷한 구석을 발견하고는 가슴이 아파 오는 걸 느꼈다.

'아버지도 저렇게 날 쳐다보곤 하셨는데……'

다한 사태의 애틋한 시선을 통해 진송하는 자신만 아버지를 그리워하는 것이 아니라, 아버지 역시 자신을 그리워하고 있을 것이란 사실을 깨달을 수 있었다.

묵진자는 종신우와 다한 사태를 외원으로 들이지 않고, 중간에 난 소로를 통해 곧바로 내원으로 이끌었다. 일반인들이 대다수인 외원에 언제 폭발할지 모르는 두 사람을 데려갈 수는 없는 노릇이라 판단한 것이다.

'장문인도 묵포에게 말을 들어 내가 이끌고 있다는 사실을 알 테니, 분명 내원에서 기다리고 있을 것이다.'

소로를 통과해 내, 외원을 가로지르는 길로 나온 묵진자는 마침내 정문이 보이기 시작하자 자신의 예상이 맞았다는 사실에 속으로 안도의 한숨을 내쉬었다.

정문 앞에서 묵유자가 서서 자신들을 기다리고 있었기 때문이다.

그런데 묵포자가 함께 있다는 것은 예상했지만, 묵경자와 진 노인, 현상까지 함께 기다리고 있다는 건 의외였다.

사실 아까까지만 해도 우진궁에서 울린 경종 때문에 내

원의 수많은 도사들이 정문 앞에 운집해서 장문인의 명을 받을 준비를 하고 있었다.

그런데 묵포자가 묵진자의 소식을 전하고, 이에 상황이 심상치 않음을 느낀 묵유자가 제자들을 돌려보낸 것이다.

진 노인과 묵경자는 진송하를 찾다가 이번 일과 관련된 자들과 함께 있다는 말을 묵포자에게 듣고 남아 있었던 것이고, 현상의 경우는 묵유자가 그가 종신우, 다한 사태와 안면이 있으니 혹여 도움이 되지 않을까 하는 생각에 남긴 것이었다.

묵진자가 일행을 이끌고 정문 앞에 서자, 묵유자가 한 발 앞으로 나서며 종신우와 다한 사태를 향해 도호를 외며 입을 열었다.

"무량수불. 무당에 오신 것을 환영합니다. 장문인인 묵유입니다."

그 말에 종신우는 말없이 예를 표했고, 다한 사태는 그새 원래의 신색을 되찾았는지 고개를 모로 돌리며 냉랭한 음성으로 말했다.

"환영받을 일은 하지도 않았는데, 무언가 켕기는 게 있나 봅니다."

움찔.

묵유자와 다한 사태, 종신우는 연배가 비슷했다.

하지만 묵유자는 두 사람과 다르게 장문인의 신분이었다.

그가 두 사람에게 하대를 해도 뭐라 하지 못할 상황에서 이리 공경하며 예를 다하건만, 저런 태도를 보이는 건 분명 경우에 없는 행동이었다.

하지만 묵유자는 다한 사태의 태도를 통해 마음속의 불안감이 더욱 커지는 걸 느꼈다.

'정녕 예상대로란 말인가?'

결국 참지 못하고, 묵유자는 곧바로 본론을 꺼내 들 수밖에 없었다.

"대략적인 사정은 들었습니다. 대체 제자분들이 어찌 되었다는 말인지요."

"갈! 이제 와서 무슨 시치미를 떼는 겁니까? 당장 우리 아이들을 내놓으시오!"

아이들을 내놓으라 한다.

이로써 그들이 제자를 잃은 것과 무당이 밀접한 관련이 있다는 사실이 드러났다.

그나마 다행인 건 내놓으라 했으니, 그들을 잃었다는 말이 목숨을 잃었다는 의미가 아니라는 정도였다.

묵유자는 이런 상황에선 솔직한 것이 최선이라고 결론을 내렸다. 그래서 최대한 진정성을 담아 재차 입을 열었다.

"저희는 정말 두 분께서 무엇 때문에 제자를 찾아 이곳에 오신 건지 모르고 있습니다. 부디 어찌 된 사정인지 알려 주시길 부탁드립니다."

묵유자의 말에 이번에는 종신우가 나서며 말했다.

"분명 장문인의 하나뿐인 제자가 현은이 맞지요?"

"……예, 그렇습니다."

대내외적으로 잘 알려진 사실이었고, 묵유자도 부인할 생각은 없었다.

그러자 종신우 역시 내내 근엄했던 표정에 분한 기색을 떠올리며 말했다.

"그런데도 그 아이가 저희 제자들을 꾀어 억지로 의협맹에 가입시켰다는 사실을 정녕 모른다고 하실 참입니까?"

'역시 그렇구나!'

묵진자도 묵유자도 바로 이를 예상하고 있었다.

왜냐하면 종신우와 다한 사태의 제자가 바로 현은과 함께 과거 사룡이봉으로 꼽히면서 현은과 강호에서 가장 깊은 인연을 맺은 존재들이었기 때문이다.

현재 외부 활동을 거의 하지 않고 있는 무당이 저들의 제자들과 연관되어 있다면, 그 이유는 현은밖에 없다고 생각했던 것이고, 이번 그들의 발언을 통해 그것이 사실이라는 것을 알 수 있었다.

묵경자나 진 노인, 현상도 어느 정도 예상하고 있었던 것인지 그다지 놀라는 기색을 보이지 않았다.

그때 현상은 한 손으로 이마를 감싸며 고개를 절레절레 흔들더니, 앞으로 나서며 그들에게 말했다.

"어르신들, 오랜만에 뵙습니다."

"으음. 그래, 오랜만이다. 무림맹에서 무당으로 돌아갔다는 말은 들었다."

종신우는 그리 말하며 아는 척을 했고, 다한 사태는 고개를 한 번 끄덕이는 것으로 인사를 받았다.

묵유자는 이를 통해 그들의 관계가 그리 나쁘지 않다는 사실을 깨달았다. 현상을 남긴 것이 잘한 선택이었다는 생각을 하며, 현상이 그들의 분노를 가라앉히기를 바라며 잠자코 기다렸다.

그런 묵유자의 심중을 안 것인지 현상이 말을 이었다.

"제가 무림맹을 떠났다는 말까지 들으셨다면 사정도 아시리라 믿습니다. 사형께선 오 년 전, 무림맹에 있었을 당시에 의협맹에 가입하셨지요. 이후로 단 한 번도 무당을 찾지 않으셨습니다. 저희도 사형을 찾기 위해 함께 사라진 천봉을 찾으려는 태천문과 공조하여 오랫동안 그들의 행적을 쫓고 있는 중입니다."

이에 다한 사태는 수긍할 수 없다는 태도로 외쳤다.

"말도 안 되는 소리! 그래, 네가 아직 그 망나니를 사형이라 칭하는 것을 보니, 아직 파문을 하진 않았나 보구나. 그런데 아직 소식을 전하지 않고 있다는 게 말이 되느냐?"

말이 된다. 왜냐하면 실제로 아무런 소식도 전해지지 않고 있었기 때문이다.

"……."

그 말이 상처가 된 듯 묵유자가 괴로운 얼굴로 눈을 질끈 감았다.

현상이 그런 묵유자를 흘깃 본 후 다시금 입을 열려는데, 그때 예상외의 인물이 할 말이 있다는 듯 손을 들고 자신을 바라보는 것을 알아챘다.

송암이었다.

묵유자는 눈을 감고 있었기에 이를 눈치채지 못했다.

그래서 현상은 그를 잠시 고민 어린 시선으로 바라보다가 결국 고개를 끄덕여 발언을 허락해 주었다.

"잠시 한 말씀 올리겠습니다."

갑자기 뒤에서 들린 소리에 종신우와 다한 사태가 뒤를 돌아다봤다. 목소리를 듣고 혹시나 했는데, 아까 자신들의 뒤를 따르던 아이들 중 하나였다.

종신우는 어이가 없다는 표정으로 송암을 바라본 반면, 다한 사태는 아이들을 향한 감정이 그리 나쁘지 않은지 약간 눈매를 부드럽게 하며 말했다.

"그래, 할 말이 있다면 해 보거라."

"두 분이 검룡과 미봉의 사부가 되시는 걸로 알고 있습니다. 그렇다면 동시대에 인룡으로 불리신 현은 사숙의 성정을 잘 아시리라 생각합니다."

"너무도 잘 알지."

종신우의 말이었다. 마치 잘 알기 때문에 오히려 그가 범인이라고 확신한다는 듯한 말투였다.

이는 현은의 도사이면서도 협의지심이 넘치는 성정을 알기에 그가 이런 짓을 충분히 저지를 만하다고 생각하는 것 같았다.

이에 송암이 고개를 끄덕이며 말을 이었다.

"예. 그렇다면 사숙께서 협의를 중시하신다고 하나, 분명 이는 그만큼 정이 많으시고 의리를 목숨과 같이 중히 여기시기 때문이라는 것도 아실 겁니다. 그런데 그분이 의협맹에 들어가신 후 단 한 번도 사문에 연통을 넣지 않는다는 게 이상하지 않으십니까? 제가 듣기로는 사숙과 미봉 여협께서 사라지신 시기에 무림맹이 있는 남양의 표국에서……."

"……."

내내 상황을 지켜보던 진송하는 머릿속이 새하얘져 아무런 생각도 할 수 없었다.

그때 송암이 용기 있게 어른들 앞에 나서서 말을 했다.

진송하는 송암이 무슨 말을 할지 알고 있었다. 과거 소천중을 설득한 말을 다시금 그들에게 전하는 것이리라. 어쩌면 그의 설득이 먹힐지도 몰랐다.

하지만 그것은 중요하지 않았다.

'대체 아버지께서는 어떻게 되신 거란 말이지?'

다들 정의를 내뱉고 있었지만, 진송하에게는 그런 것보다 현은의 안부가 중요했다. 이 년 전에도 비슷한 일로 걱정을 하다가 자신이 아직 아버지를 걱정할 능력이 없다는 생각에 그런 고민을 접었었다.

그런데 이번에 다시 이런 일이 벌어지자, 진송하의 마음속에 다시금 현은을 향한 걱정이 꿈틀거리기 시작한 것이다.

'당장이라도 산을 내려가 아버지를 찾고 싶어. 하지만 나한테 그럴 능력이 있을까?'

과거에는 분명 그럴 능력이 없다고 생각했지만, 현재는 그때보다 발전했음이 분명했다.

그렇다면 현재의 자신은 다른 어른들에게 걱정을 끼치지 않을 정도의 능력이 있는 것일까?

이제 더 이상 진송하의 귀에 송암의 말은 들어오지 않았다.

그에게 중요한 건 오로지 스스로가 아버지를 찾으러 나설 능력이 있는가 없는가 하는 점이었다. 그래서 다른 사람이 모두 송암의 말에 귀를 기울이고 있는 시점에서 진송하는 고개를 숙인 채 자기 자신에게 질문과 답변을 반복해 대고 있었다.

"응?"

그곳에 있는 사람들 중 유일하게 진 노인만이 그런 진송하의 기색을 읽었다. 오로지 진송하만을 중심으로 생각하는 진 노인이었기에 가능한 일이었다.

'저 녀석이 왜 저러지? 혹여 지 애비가 한 짓에 충격을 받은 건가?'

걱정이 되어 송하의 곁으로 가려고 발을 떼려는데, 그때 송암의 말이 끝나고 모두가 기대를 품고 종신우와 다한 사태를 바라봤고, 진 노인은 자신도 모르게 그들을 따라 두 사람을 돌아봤다.

다한 사태는 약간 멍해 있는 표정이 송암의 말에 설득을 당한 것 같았다.

반면 종신우는 여전히 굳은 얼굴로 있다가 송암을 바라보며 입을 열었다.

"내 그럼 물으마. 네 말대로라면 어떤 세력의 강압에 의해 그 아이가 움직이고 있다는 것이겠지?"

"예."

송암은 망설임 없이 답했다. 이 년 전만 해도 같은 논리로 두 사람이 더 이상 이 세상 사람이 아닐 거라 생각했었지만, 이번에 검룡과 미봉에게 일어난 일을 생각한다면 그 외부 세력이 현은과 소남화를 납치해서 얻으려는 이익이 바로 사람을 얻으려는 것이라고 확신했기 때문이다.

종신우는 흔들림 없는 송암의 눈을 직시하며 말했다.

"그래, 어느 정도는 수긍이 가는 의견이다. 하지만 네 말대로 현은, 그 아이가 의리를 목숨과 같이 소중히 여긴다면서, 우리 제자들을 꾀어 의협맹에 가입시킨 이유는 무엇이냐? 그 외부 세력이 결국 의협맹이라면, 강호에 퍼진 소문과는 다르게 악독한 무리임이 분명할진대, 의리를 목숨과 같이 소중히 여긴다는 녀석이 그런 무리들 속으로 우리 아이들을 꾀어낸다? 그것이 말이 된다고 생각하느냐?"

"그, 그것은……."

미동도 않던 송암의 눈이 그 말에 흔들렸다.

과거에는 분명 오류가 없는 의견이었지만, 이번에 두 사람에게 일어난 사건이 포함되자 확실히 설명할 수 없는 구석이 존재했다.

종신우는 그것을 정확히 꼬집은 것이다.

사실 이의를 제기한 종신우도 송암의 말이 꽤 가능성이 높다고 생각했다. 현은이 아이들을 꾀어낸 것도, 어쩌면 그가 목숨보다 소중한 그 어떤 것으로 협박을 당했다면 가능한 일이었다.

하지만 종신우는 그렇게 생각해선 안 되었다. 이미 우진궁에서 벌인 일로 무당에 지은 죄가 있는 마당에 자신들의 행동을 정당화시키기 위해서는 현은의 잘못으로 몰아갈 필요가 있었던 것이다. 또한 송암의 말이 그럴듯하게 들리나 확실한 것도 아니지 않은가?

'아이야, 미안하구나. 이것이 바로 정치란다.'

속으로 그리 생각하면서도 종신우의 드러난 눈빛은 단호하기 그지없었다.

송암은 종신우에 말에 반박할 길이 없었다. 그 역시 현은이 그 어떤 외압으로 인해 그런 행동을 저지를 수밖에 없었을 거라는 건 알았다.

하지만 지금까지 논리적으로 의견을 전달한 상황에서, 증거도 없이 그런 가정을 들어 믿어 달라고 해 봤자, 과연 이들이 수긍할 것이라고는 생각할 수 없었다.

'분명 속으로는 내 말을 수긍하고 있다. 그런데 어째서?'

종신우의 눈빛에서 진정으로 의심하는 빛은 찾기 힘들었기에 송암은 그가 왜 저런 말을 해서 자신의 말을 의심하려는 척하는 건지 이해할 수 없었다.

똑똑해도 아직은 어린 탓이다. 종신우가 저런 행동을 보이는 저의를 짐작하기에는 아직 경험이 부족한 것이다.

그때 종신우도 송암도 예상치 못한 상황이 연출됐다.

싸아아.

갑자기 다한 사태가 살기를 드러낸 것이다.

'아차!'

종신우는 뒤늦게 자신의 실책을 깨달았다. 자신이야 송

암의 말을 믿는 상황에서 의심하는 척한다지만, 그런 사정을 모르는 다한 사태는 방금 송암의 말을 통해 현은을 용서하려다가 자신의 말을 통해 그것이 아니라 생각하고 있을 것이다.

그렇다면 무당으로 오면서 내내 증오하던 현은에게 한순간이나마 마음이 움직였다는 사실에 분노하는 것이 당연하지 않은가?

애초에 다한 사태는 제자를 잃었다는 사실을 상당히 감정적으로 받아들이고 있었다. 우진궁에서 일어난 사건 역시 그런 다한 사태 때문에 일어났던 것이다.

그리고 지금 또 비슷한 일이 벌어질 것이란 사실을 종신우는 깨달을 수 있었다.

"감히 네가 설익은 혀로 나를 농락한 것이냐?"

"……!"

고수의 살기다.

그것도 지금까지 좋게 바라보던 그녀가 갑자기 돌변해서 내뿜는 살기에 아무리 냉정하기 이를 데 없다는 송암이라 해도 온몸이 얼어붙을 수밖에 없었다.

"그런 혀를 달고 있어 봤자 하등 도움 될 것이 없을 터. 그런 건 내가 잘라 내 주마!"

흥분한 다한 사태의 검이 송암을 향해 뻗어 나갔다.

설마 하는 심정으로 막을 준비를 하고 있던 종신우마저

도 미처 손을 쓰지 못할 번개 같은 속도였다.

파앗!

하지만 결과적으로 다한 사태의 검은 허공을 갈랐다.

"……!"

모두가 경악 어린 시선으로 뒤로 한 발짝 물러난 송암을 바라봤다.

그런데 송암도 경악스럽긴 마찬가지였다. 자신도 어찌 된 상황인지 전혀 짐작하지 못했기 때문이다.

"……?"

뒤늦게 송암은 좌중의 시선이 자신이 아닌 다른 곳을 향해 있다는 사실을 깨달았다. 동시에 자신의 몸을 감싸고 있는 작은 팔의 존재도 인식했다.

"소, 송하?"

진송하였다. 그가 가라앉은 표정으로 송암의 몸을 잡고 있었던 것이다.

결국 다한 사태의 공격에 송암을 잡고 뒤로 물러선 게 진송하 덕분이었다.

좌중의 침묵이 이해가 가는 순간이었다.

진송하는 자신의 세계에 빠져 자문자답을 하고 있을 때, 불현듯 일어나는 살기를 감지할 수 있었다. 묵포자가 말했던 것처럼 기감으로 사람을 탐색할 수준에 올랐기에 가능한 일이었다.

다른 사람들도 살기는 감지했으나, 진송하는 거기에서 더 나아가 그 살기가 송암을 향하고 있다는 것까지 눈치챘다.

또한 모두가 설마 하는 심정으로 잠자코 있었을 때, 돌아가는 상황을 모르고 있던 진송하는 순수하게 그 살기에 감응해 송암에게 다가가 뒤에 섰고, 다한 사태가 예상대로 검을 휘두르자 그를 붙잡아 뒤로 물러났던 것이다.

결코 그 자리에 있던 모두보다 뛰어난 실력을 지니고 있어 그런 것은 아니었지만, 설마 약관도 되지 않은 아이가 그런 일을 할 수 있을 것이라고는 생각지 못했기에 모두가 놀라는 것도 당연했다.

"네, 네놈이!"

문제는 그것으로 다한 사태의 분노가 더욱 거세졌다는 사실이다.

다시금 다한 사태의 검이 진송하와 그가 안고 있는 송암을 향해 달려들었다.

파악!

진송하는 송암을 좌로 밀치는 동시에 자신은 뒤로 물러나 검을 피했다.

다한 사태는 목표를 바꿨는지 송암을 지나쳐 진송하에게 다시 한 번 검을 휘둘렀다.

갑작스럽게 일어난 공방이었다.

의외인 점은 이번에는 이를 막을 기회가 있었음에도 모두가 가만히 있었다는 점이다.

종신우는 언제든지 검을 빼 들 준비를 하고 있으면서도 탐색하는 듯한 시선으로 진송하를 주시하고 있었고, 묵유자와 그 주위에 있던 묵경자, 현상, 진 노인의 경우는 묵포자가 양팔을 벌려 제지하고 있는 중이었다.

"뭐, 뭐하는 거냐? 얼른 막지 않고?"

진 노인이 다급한 음성으로 그리 말했으나, 묵포자는 여전히 팔을 벌려 그들을 막으면서 말했다.

"잠시만 지켜보지요. 제 예상대로라면 큰일은 나지 않을 겁니다."

그 말에 이번에는 묵유자가 다급히 외쳤다.

"대체 그게 무슨 말이냐? 너도 다한 사태의 실력을 알고 있지 않느냐?"

다한 사태라면 이미 오래전에 절정에 오른 무인이다. 종신우처럼 소천중과 함께 오대성왕의 자리를 넘볼 정도는 아니었지만, 아미파 최고의 고수로 현재 무당 내에서는 묵유자와 묵포자 정도만이 상대할 수 있는 고수였다.

그런 이가 진심으로 진송하에게 살기를 뿌리며 공격하고 있었으니, 묵유자가 그리 말하는 것은 당연했다.

하지만 묵포자가 오히려 의외란 얼굴로 묵유자를 돌아보며 말했다.

"사형께서 가르치신 게 아니었습니까? 설마 저 아이의 진정한 실력을 모르시는 겁니까?"

"진정한 실력?"

그때 현상이 전방을 주시하며 평소의 능글맞은 얼굴을 한 채 잔뜩 흥미가 동한 음성으로 말했다.

"저 실력을 말씀하시는 것 같습니다."

그 말에 모두가 전방을 주시하기 시작했고, 다들 놀라 입을 쩍 벌려야 했다.

"······!"

七章

마침내 진정한 실력을
드러내다

슈슉! 슈슉!

진송하는 정말이지 정신없이 몸을 움직이며 다한 사태의 검을 피해 내고 있었다.

중요한 건 어느새 십여 차례나 이어진 공격에도 상처 하나 입지 않고 있다는 사실이었다.

묵포자를 제외한 모두가 경악 어린 시선으로 그 모습을 바라보는 것도 절대 무리가 아닌 상황이었다.

하지만 이는 순수하게 진송하의 능력 때문만은 아니었다.

진송하는 급한 와중에도 처음 일 검과 그 후에 이어지는 공격이 크게 다르다는 사실을 느낄 수 있었다.

애초에 다한 사태의 분노를 산 건 송암이었지, 진송하가 아니었다. 아무리 다혈질이라 해도 그것을 처음 일 검을 내지른 후, 다한 사태도 알아차린 것이 분명했다.

그 증거로 지금 다한 사태의 눈빛에 드러난 감정은 분노가 아닌 호기심이었다.

뒤늦게 이를 눈치챈 좌중은 그제야 안심하고 편안한 마음으로 두 사람의 공방을 지켜보기 시작했다.

자연스럽다.

진송하의 움직임을 이 한마디보다 정확히 표현할 말이 있을까?

검이 우측을 노리면 좌로 한 걸음 움직여 피했고, 좌측을 노리면 우로 움직여 피했으며, 가로로 베어 오면 뒤로 물러나 피했다. 미리 짜 맞추고 펼치는 검법 시범이라 생각할 정도로 자연스러운 움직임이었다.

본인의 능력이야 본인이 가장 잘 아는 법이라지만, 진송하의 움직임은 이미 그런 차원을 뛰어넘었다.

분명 특별한 보법을 밟고 있는 것도 아니었다. 묵경자에게 기학비천보(騎鶴飛天步)를 배웠다지만 지금 진송하는 이를 펼칠 이유를 전혀 느끼지 못했기 때문이다.

어느 순간부터 익숙해진 검의 움직임에 진송하는 생각할 여유를 되찾았다.

'어어? 나 아직도 안 죽었잖아? 봐주고 계신 건가?'

그제야 진송하는 처음과 달리 다한 사태에게서 살기를

찾아볼 수 없고, 처음 펼친 일 검 이후로는 제자리에서 거의 움직이지 않고 있다는 사실을 깨달았다.

'에이, 그럼 그렇지. 봐주시는 거네.'

다른 사람들이 얼마나 놀라고 있는지는 생각지도 못한 채, 진송하는 다한 사태가 자신을 봐주고 있기에 지금과 같은 상황이 유지되고 있다고 단정했다.

진송하에게 여유가 생겼음을 읽은 것일까?

다한 사태가 약간이나마 입꼬리를 들어 올리며 외쳤다.

"그래, 어디 한번 이것도 막아 보려무나!"

그녀의 검이 갑자기 급변했다. 지금까지의 단조로운 공격과는 다른, 아미파의 진정한 절학이 그녀의 손에서 펼쳐지기 시작한 것이다.

검의 속도가 빨라졌다거나 느려진 것이 아니었음에도 그녀의 검에 순간 잔상이 어렸다.

아미파의 수미노수검법(須彌老樹劍法) 중 그려지는 잔상의 수에 따라 그 경지가 가늠된다는 노수불고(老樹不孤)란 초식이었다.

아미파에선 어린 여승들이 이 초식으로 잔상을 얼마나 많이 그려 내는지를 겨루면서 노는 일을 자주 볼 수 있었는데, 어쩌면 다한 사태는 제자를 떠올리면서 지금의 검법을 펼치고 있는 건지도 몰랐다.

그 증거로 그녀의 표정이 굳어 있는 와중에도 입가에 잔

잔한 미소를 머금고 있었다. 아마 그녀가 미봉을 가르쳤을 때 지금과 같은 미소를 지었으리라.

덕분에 묵포자의 만류에도 막으려 들던 진 노인조차 잠자코 바라보기만 했다.

도가와 불가의 색을 동시에 띠고 있는 아미파의 검법답게 유순함이 담겨 있는 검이 무수히 많은 잔상을 그리며 진송하를 공격했다.

쉬쉬쉭.

눈을 어지럽히는 움직임에 진송하는 순간 당황했지만, 곧 평정심을 되찾고는 상체를 쉴 새 없이 놀려 대며 피했다.

스윽!

"송하야!"

가슴팍의 도복 자락이 매끄럽게 잘려 나가자 진 노인이 기겁하며 소리를 질렀다.

하지만 오히려 이 때문에 진송하의 집중력이 흐트러지고야 말았다.

어느새 다한 사태의 검끝이 진송하의 목덜미에 닿아 있었던 것이다.

"쯧쯧. 목숨이 오가는 상황에서 그리 집중하지 못해서야 되겠느냐?"

언제 화를 냈냐는 듯 마치 제자를 가르치는 듯한 음성으로 다한 사태가 그리 말했다.

하지만 덕분에 아까의 심각한 상황을 잊고 진송하가 골이 난 표정으로 외쳤다.

"검이 있었다면 이렇게 쉽게 당하지 않았을 겁니다!"

이에 다한 사태는 더 놀고 싶은지 그런 진송하를 부추기듯 비웃음을 흘리며 말했다.

"흥! 그래, 그럼 어디 검을 가져와 다시 한 번 덤벼 보거라."

그 말에 진송하가 자연스레 고개를 돌려 진 노인을 바라봤다.

이에 놀라 눈을 부릅뜬 진 노인은 가슴팍을 강하게 움켜쥐며 외쳤다.

"아, 안 된다!"

"할아버지……."

진송하가 다가올수록 진 노인은 뒷걸음질 쳤다.

하지만 결국에는 내원 정문의 문기둥에 부딪혀 발걸음을 멈추는 바람에 따라잡히고야 말았다.

진 노인은 더 이상 도망가지 못하자 여전히 가슴을 움켜쥐며 간절한 어조로 말했다.

"이 녀석아, 이 할아비가 지난 이 년간 얼마나 마음을 졸였는지 정말 모르겠느냐? 그냥 다른 검을 쓰면 안 되는 것이냐?"

애절함과 간곡함이 동시에 느껴지는 음성과 표정이었다.

하지만 진송하의 얼굴에 드러난 표정도 그와 같았다.

"할아버지, 이제 몽계는 정상으로 돌아왔어요. 다시는 그런 일이 일어나지 않을 거라고 맹세할 수 있어요."

진 노인은 부드럽게 말하는 걸로 안 통하자, 이번엔 삽시간에 표정을 고쳐 험악한 얼굴로 외쳤다.

"안 된다! 정 그 망할 곳으로 다시 들어가고 싶다면 이 할아비가 죽고 나서 가거라!"

말은 그렇게 했지만 죽기 전에 책을 불살라 버리고 죽을 것 같은 단호한 얼굴이었다.

"……."

진송하는 다한 사태와 검을 나누고 싶었다. 더구나 도중에 그만 멈추는 바람에 그 욕구는 더욱 강렬했다.

그래서 이토록 고집을 부린 것이지만, 진 노인이 저렇게까지 거부를 하자 마냥 재촉할 수만도 없었다.

그래서 진 노인의 가슴팍에 불룩 튀어나온 부분을 아쉬운 눈빛으로 바라보며 중얼거렸다.

"설록아, 미안해. 아무래도 널 다시 만나기는 힘들 것 같다."

그때였다.

우우웅―!

"……!"

진송하는 너무 놀라 눈을 부릅떴다. 마치 몽계에서 검으로 변한 설록이 울어 댄 것과 같은 소리가 진 노인의 품에서 들려왔던 것이다.

더구나 그 소리가 결코 작지 않았기에 진송하뿐만 아니라 모두가 놀란 얼굴로 진 노인을 주시했다.

물론 놀라기는 진 노인도 마찬가지였다.

하지만 오히려 아예 몸을 더욱 몸을 웅크리며 가슴을 완전히 가리니, 그 모양새가 단호한 그의 마음을 대변하는 듯했다.

하지만 진 노인도 결국 기겁하며 손을 내려야 했다.

파아아!

갑자기 가슴팍에서 새하얀 빛이 새어 나오기 시작한 것이다.

이 어이없을 정도로 기괴한 상황에 모두가 놀랐으나, 그나마 빠르게 정신을 차린 건 이미 이런 상황을 겪어 본 사람들이었다.

송방이 눈을 빛내며 외쳤다.

"송하야! 이번 몽로주는 내 거다! 너 저번에 약속한 거 잊지 마!"

확실히 몽로주가 나왔던 상황과 비슷했기에 송방이 그리 생각하고 말하는 것도 무리는 아니었다.

하지만 상황을 유추해 본 묵유자는 생각이 다른 모양이

었다. 점점 더 강해진 빛 무리에 휩싸여 형체를 알아보기 힘들 정도가 된 진 노인을 바라보며 말했다.

"이 빛이 몽계의 물건이 현세에 나타날 때 일어나는 현상이라면, 이번에는 검을 내보내는 것이 아니겠습니까?"

"으응? 그, 그래 일리가 있구나. 그렇게만 된다면야……."

진 노인은 빛에 휩싸이는 진귀한 상황에 처해 당황하면서도 묵유자의 말대로만 된다면 좋겠다고 생각했다. 그렇게만 된다면 몽계에 들어가길 원치 않던 진 노인도, 검을 원하는 진송하도 모두 만족하게 될 테니 말이다.

그렇기에 자신을 향해 다가오는 진송하를 이번만은 막지 않았다.

"……."

우웅거리는 소리는 단 한 번 들리고 말았지만, 진송하는 계속 설록이 자신을 부르고 있다는 걸 느낄 수 있었다.

"그래, 그런 거구나. 이제야 완전히 깨달았어. 너도 설록도 결국은……."

빛에 눈이 부시지도 않은지 코앞까지 다가와 빛을 뿜어내는 도덕경을 바라보며 하는 진송하의 말에 진 노인이 의문스런 얼굴로 물었다.

"대체 그게 무슨 말이냐?"

이에 진송하는 진 노인의 가슴팍을 향해 손을 가져가며

말했다.

"설록도 도덕경도 결국 같은 것이었어요. 모두……."

마침내 빛 무리가 무언가에 가린 것처럼 순식간에 빛을 잃었다.

그리고 진송하의 손에 쥐어진 것은…….

"검이었어요."

검.

진 노인의 품에 있던 도덕경이 감쪽같이 사라지고, 검 한 자루가 나타난 것이다.

비어 버린 품속을 뒤지던 진 노인은 정말로 품에 안고 있던 책이 사라졌다는 사실을 깨달았다.

"대, 대체 이게?"

옆에서 이를 지켜보던 묵유자도 놀란 기색이 역력한 얼굴로 진송하에게 말했다.

"그 말은 지금, 책이 검으로 변했단 말이냐?"

"아니요. 원래부터 검이었던 거예요. 아니, 검은 설록이었고, 책은 그러니까 검집이었던 거죠."

결국 설록이 몽계에서 검이 화한 모습이었다면, 도덕경은 검집이 현세에 화한 모습이라는 의미였다.

진송하는 자신의 검, 설록을 내려다보며 살가운 웃음을 지었다.

그리고는 여전히 경악해 있는 사람들을 뒤로하고, 몸을

돌려 다한 사태를 바라보며 입을 열었다.

"이제 다시 한번 해봐요."

"색이 바랜 백색의 검이라……."

다한 사태를 향해 걸어가는 진송하가 쥔 검을 눈을 게슴
츠레하게 뜬 채 바라보면서 하는 묵경자의 혼잣말이었다.

이에 묵유자도 비슷한 표정으로 검을 바라보며 말했다.

"설마 그 검일까요?"

"역시 장문 사제도 그리 생각했는가? 장삼봉 조사께서
등선하실 당시 분명 검을 남겼다는 기록이 있네만, 이후 무
당에는 그 검이 전해지지 않았었지."

"그럼 진정 저 검이 천왕진무검이란 말씀입니까?"

천왕진무검(天王眞武劍).

장삼봉이 등선할 당시, 자연경의 경지를 제자들에게 보
일 때 손에 들고 있었던 검으로, 등선 전까지 그가 다뤘던
일곱 자루의 검 중에서 가장 마지막까지 장삼봉과 함께했다
는 검이다.

이상한 건 분명 장삼봉의 마지막 등선 광경을 묘사한 책
에서는 장삼봉이 등선 시 그 검을 남기고 떠났음에도, 이후
무당파에서 전혀 찾아볼 수 없었다는 점이었다.

한데 그 검이 지금 진송하의 손에 쥐어져 있는 것이다.

"허허. 역시 모두 조사의 안배이셨네. 조사께서 후대에

태극의 무학을 전하시기 위해 안배하신 것이었어."

묵경자가 감격 어린 음성으로 그리 말하자, 주변에 있던 모두가 묘한 기대를 가슴에 품고 다한 사태의 앞에 선 진송하를 지켜보기 시작했다.

"다시 한 번 부탁드립니다."

"으음……."

난데없는 기사에 잠시 당황한 표정을 짓던 다한 사태는 이내 표정을 고치고는 진지한 얼굴로 진송하를 향해 검을 겨누며 입을 열었다.

"검을 배운 지는 얼마나 되었느냐?"

"며칠…… 아, 아니 이 년 정도 되었습니다."

진송하의 기억에서는 검법을 배운 건 묵경자에게 배운 며칠이 전부였다. 하지만 기억 속에 없다지만 이 년 동안 몽계에서 검을 휘둘렀다 하니, 서둘러 이를 정정한 것이다.

하지만 며칠이든 이 년이든 다한 사태의 입장에서야 가소로운 시간일 뿐이다.

그녀가 인상을 찌푸리며 말했다.

"그래, 겨우 이 년간 배운 검으로 나를 상대할 자신이 있다고 한 것이냐?"

"그, 그게……."

듣고 보니 말이 안 되긴 했다.

진송하도 이를 깨달았는지 순식간에 당황한 표정을 지었다.

그런데 오히려 그 모습에 다한 사태의 입가에 다시금 미소가 어렸다. 아마 진송하의 순진한 모습을 통해 계속 제자의 옛 모습을 떠올리는 모양이었다.

"좋다. 그럼 어디 한번 이걸 받아 보려무나!"

쌔애앵!

파공성과 함께 순식간에 차가운 한기가 진송하를 엄습해왔다.

수미노수검법(須彌老樹劍法) 중에서도 항마의 효능을 지녔다는 설중노수(雪中老樹)란 초식으로, 차가운 바람을 일으켜 상대방을 당황케 하거나 겁을 집어먹게 만드는 다분히 심리적인 성향이 강한 초식이었다.

"으윽!"

먼저 차가운 검풍이 엄습하자 진송하는 순간 주춤해야 했다.

그런데 그때.

우우웅―!

다시금 설록이 울어 댔다.

진송하는 마치 설록이 지금 뭐하는 거냐고 한심한 눈초리로 자신을 훈계하는 것 같은 느낌을 받아야 했다.

'아, 알았다고!'

속으로 설록에게 그리 외친 진송하는 마음을 다잡으며 냉정하게 검풍을 바라봤다.

'좋아! 보인다!'

이윽고 뒤에 숨어서 다가오는 검끝을 찾아낼 수 있었다.

탕—!

맑은 울림과 함께 다한 사태의 검이 진송하의 머리 꼭대기를 스치며 지나갔다.

진송하의 검이 그녀의 검을 튕겨 낸 것이다.

"자신할 만하구나!"

그리 외치는 다한 사태의 얼굴에는 확실히 놀란 기색이 역력했다. 설중노수에 겁먹지 않은 것보다, 비록 검풍에 숨겼다고는 하나 결코 우습게 보지 못할 위력을 지닌 자신의 검을 정확히 쳐 낸 것에 놀란 것이다.

결코 이 년 정도 배운 것으로 가능한 수준이 아니었다.

더구나 진송하가 실제로 검을 익힌 것이 불과 며칠에 불과하다는 것을 감안하면 경악할 만한 상황이었다.

그 증거로 사정을 아는 무당파 어른들은 아까 도덕경이 검으로 변했을 때보다 더욱 놀란 표정이었다.

이는 진송하가 얻은 깨달음과 밀접한 관련이 있었다. 그가 몽계에서 얻은 가장 중요한 깨달음이 '바로 보는 것'이 아니던가?

자신의 몸을 바로 봄으로써 내공이 조화를 이루게 된 것만이 다가 아니었다. 상대방도 바로 봄으로써 이에 맞춰 정확한 대응을 할 수 있게 된 것이다.

이는 송암이 묵포자에게서 배운 삼절황검과는 완전히 정반대되는 길이라고 할 수 있었다. 스스로의 힘을 최대한 이끌어 내는 삼절황검과는 다르게, 진송하의 검은 자신과 상대방을 정확히 가늠하여 이에 맞춰서 대처하는 검이었다.

'해볼 만하다!'

그렇기에 지금 진송하가 속으로 내뱉는 말은 결코 가볍게 여길 말이 아니었다. 다한 사태의 검과 자신의 검이 그리 차이 나지 않는다는 사실을 몽계에서 얻은 깨달음을 통해 간파하고 내린 결론이었기 때문이다.

놀란 마음을 억누른 다한 사태가 다시금 움직였다.

검에 잔상이 어리는 것이 처음 사용한 노수불고란 초식이 분명했다.

쉬이익!

다만 이전과 다르게 이번에는 잔상이 검의 경로를 타고 이어지는 것이 아니라 십여 개로 나뉘어 진송하를 동시에 공격해 왔다.

'어떤 게 진짜지? ……어? 모두 진짜!'

잔상으로 보이는 것이 모두 실초였다.

하지만 그렇다고 진송하가 겁을 집어먹은 것은 아니었다. 이전에 송암과 상대할 때 무리를 한다고 내공을 전력으로 끌어올려 태극권도 제대로 못 펼친 과거와는 달랐다.

'좋아. 맞선다!'

조화로워진 태극심법에 의해 몸 안의 진기가 팔을 타고 검으로 쏠리기 시작했다.

우웅—!

이에 힘이 나는 걸 느끼는지 설록이 재차 울어 댔다.

'여러 개를 상대하려면 똑같이 여러 개로 응수하면 그만!'

파앗!

마침내 진송하의 검이 움직였다. 그것도 정확히 열두 가닥으로 나뉘어 공격해 오는 다한 사태의 검에 맞춰 똑같은 수의 잔상을 일으켜 검을 내뻗은 것이다.

차차차차창!

놀랍게도 진송하는 모든 검을 아까와 같은 방법으로 튕겨 냈다.

이에 다한 사태는 물론, 그들을 지켜보던 모두가 재차 놀라야 했다.

"너, 너! 어찌 네가 수미노수검법을 아는 것이냐?"

대경하여 뒤로 물러난 다한 사태의 외침이었다.

이에 진송하는 어느 정도 충격을 받은 건지 검을 쥔 팔을 주무르면서도, 그녀가 무엇 때문에 놀랐는지 전혀 모르는 듯 천진난만한 얼굴로 말했다.

"그냥 아까도 펼치셨고, 눈에 익어서 따라 한 것뿐이에요."

"......!"

고작 상대가 검법을 두 번 펼친 것만을 보고 따라 했다?

더구나 진송하는 잔상을 일으키면서도 태극검을 응용하여 검을 밖으로 쳐 내기까지 하지 않았는가?

이 역시 상대방을 바로 볼 줄 알기에 얻게 된 능력인 것이다. 자신과 상대의 힘을 가늠할 정도로 상대를 볼 줄 아니까, 상대방의 초식이 갖는 이치까지 보고 따라 한 것이다.

하지만 다한 사태가 어찌 이를 쉽게 받아들이겠는가?

"미, 믿을 수 없다!"

그 말을 확인해 보겠다는 듯 이번에는 다른 초식을 펼치며 진송하를 공격했다.

이후 다한 사태가 쏟아 내는 초식들은 하나같이 중복되는 법이 없었다.

하지만 수미노수검법과 같은 아미파의 절기가 아닌, 널리 알려진 입문 무공이나 기초 무공들로 이루어진 것이, 진송하가 실제로 아미의 절기들을 따라 할까 염려하는 것 같았다.

수십여 초를 주고받는 와중에 진송하는 실제로 다한 사태가 쓴 초식과 비슷해 보이는 초식들로 맞대응을 하기도 했지만, 대부분은 태극의 무리를 띠고 있는 움직임이었다.

어쨌든 그것만으로도 충분했다. 분명 진송하는 다한 사태가 사용하는 초식을 한 번 보는 것만으로 따라 하고 있는 것이다.

"허허."

다시금 겨루기 시작하는 두 사람을 지켜보던 묵경자가 갑자기 웃음을 터트리자, 그제야 진송하의 모습에 빠져 있던 묵유자가 정신을 차리고는 물었다.

"사형께선 믿어지십니까? 단 한 번 상대가 펼치는 걸 보는 것만으로 그걸 따라 하다니요? 하지만 송하가 아미파의 검법을 견식한 건 이번이 처음인 게 분명합니다."

그런데 묵경자는 묵유자와 완전히 다른 부분을 보고 있었다.

"장문 사제, 아직 눈치채지 못했는가? 지금 중요한 건 그것이 아닐세."

다른 사람의 초식을 따라 펼치는데, 그것보다 더 중요한 게 있다는 말이었다.

묵유자는 얼굴에 의혹을 담아 물었다.

"대체 그게 무슨 말씀이십니까?"

"모르겠는가? 저 아이가 태극을 검으로 부리고 있다네!"

비록 스스로는 태극검을 익히지 않았지만, 묵유자도 당

연히 이를 알아보고 있었다.

그렇기에 새삼스런 말을 하는 묵경자에게 재차 물었다.

"사형께서 이 년 전에 가르치시지 않으셨습니까?"

분명 묵경자가 태극검을 가르치는 도중에 진송하가 몽계에 들어가 이 년 동안 나오질 않았기에 묵유자는 묵경자의 말을 이해할 수 없었다.

이에 묵경자가 좀 더 자세한 설명을 덧붙였다.

"아까 태극권을 펼칠 때부터 혹시나 싶었다네. 그런데 이제 보니 확실하구먼. 나처럼 초식에 얽매이는 것이 아니라, 태극의 이치를 그대로 검으로 부리고 있다는 말이네. 아까 저 사태의 초식에 담긴 이치와 태극의 이치를 합하여 펼친 것을 생각해 보게나."

"마, 맙소사!"

묵유자의 눈이 화등잔만 하게 커졌다.

묵경자의 말이 지닌 의미는 상당했다. 태극검의 초식이 아닌, 초식에 담긴 이치를 깨달아 마음대로 부리고 있다는 말이 아닌가?

확실히 남의 초식을 몇 번 보고 그 이치를 깨달아 표현해 내고 있으니, 태극의 무학이라고 해서 못 할 것은 없었다.

어찌 보면 전자보다 놀라운 사실이 아니라고도 볼 수 있었지만, 그것이 태극의 무학이라면 이야기가 달랐다. 무림 역사상 가장 지고한 경지에 오른 장삼봉이 남긴 태극의 무

얽매여 태극검을 복원하려 애썼는데, 굳이 그럴 필요가 없다는 걸 깨달은 것이다.

결국 이 년간 애써도 끝을 맺지 못했던 태극검의 복원 작업이 진송하를 바라보는 찰나의 순간에 묵경자의 머릿속에서 완성되어 있었다.

'이제는 맘 편히 황궁으로 떠날 수 있겠군.'

묵유자가 눈을 뜨자, 묵경자가 만면에 웃음을 띠며 말했다.

"허허. 새로운 경지에 오른 걸 축하하네!"

"아닙니다. 그저 그간 쌓은 자만을 벗어 낸 것뿐입니다."

말은 달라도 결국 그 말이 그 말이었다.

때문에 쑥스러워하는 묵유자를 바라보는 묵경자의 웃음이 더욱 짙어졌다.

하지만 그것도 잠시, 곧 진지해진 얼굴로 말했다.

"그나저나 명심하게나. 송하는 분명 무당의 홍복일세. 하지만 이어지는 홍복은 아니야. 저 아이 이후로 또다시 저런 검을 펼칠 자가 언제 나올지 모르겠어. 혹여 무당에서 그 가능성을 조금이라도 높이고 싶다면, 저 아이를 어떻게든 잘 보호하게나. 그래서 오랫동안 무당이 품어야 하네."

"명심하겠습니다."

대답하는 묵유자의 얼굴에 드러난 표정을 통해 묵경자는 굳이 말을 꺼낼 필요도 없었다는 걸 깨달았다.

그래서 다시금 다한 사태와 겨루고 있는 진송하를 바라보며 말했다.

"초식에 얽매이지 않고, 태극을 온전히 깨달아 그것을 검으로 부리다니……. 저것은 이미 태극검이 아니라 태극혜검이로군."

"태극혜검……."

태극검과 달리 이어지지 않을 온전한 진송하만의 검이었다.

묵경자가 지어낸 태극혜검이란 말이 묵유자의 뇌리에 깊이 박혀 들었다.

'앞으로 이 이름에 강호가 진동하겠구나.'

묵유자도 무당의 밝은 미래가 보이는 것 같아 절로 얼굴에 미소가 지어졌다.

한편, 그들의 곁에 있던 묵포자는 그들의 대화를 들으면서도 동시에 진송하가 아닌 다른 자를 바라보고 있었다.

"……."

그리고 결국 그는 비무를 벌이는 사람들을 피해 자신이 바라보는 자를 향해 걸음을 옮겼다.

저벅저벅.

모두가 진송하와 다한 사태에게 집중해 있었기에 묵포자가 움직이는 걸 깨닫지 못했다.

그는 결국 자신의 목표한 곳에 도착한 후 입을 열었다.

"그리 분하느냐?"

"……."

그 말에 정신을 차린 듯 내내 진송하를 바라보던 송암이 말없이 묵포자를 돌아봤다.

"분해하지 말거라. 그저 저 아이는 너와 다른 길을 걷는 것일 뿐이다. 조금 네가 뒤처졌다 하나 그리 멀지 않단다."

"……멀지 않은 겁니까? 아직 약관을 넘기지 않은 아이가 강호에서도 손꼽히는 고수와 대등하게 겨루고 있는데도 말입니까?"

다시금 강렬한 눈빛으로 진송하를 바라보는 송암이었다.

과거 묵경자는 호승심을 일으키는 행동을 나쁘지 않다고 생각하여 진송하를 그냥 내버려 둔 적이 있었다.

하지만 묵포자는 현재 송암이 갖는 감정이 결코 좋지 않다고 생각했다.

그래서 평소의 무뚝뚝한 말투를 버리고 최대한 설득력 있게 다가가기 위해 애를 쓰며 재차 입을 열었다.

"멀지 않았다. 너는 지금 다한 사태께서 최선을 다하고 있다고 생각하느냐?"

"……!"

그제야 송암이 진송하에게서 시선을 떼고 다한 사태를 주의 깊게 바라보기 시작했다.

그때 송암의 귀에 재차 묵포자의 말이 들려왔다.

"무(武)의 길을 우습게 보지 말거라. 다한 사태 정도의 고수라면, 현재 송하 저 아이 정도는 단 일 수에 목숨을 끊을 수 있다. 다만 아이에게 맞춘다고 내공을 제대로 일으키지 않았기에 저리 동수를 이루는 것이지."

그제야 송암은 깨달을 수 있었다. 다한 사태가 검강을 뽑아낼 정도의 실력을 지니지 않았을지도 모르나, 내내 검기조차 뽑아내지 않고 있다는 사실을 말이다.

'어리석구나, 송암! 송하에게 정신이 팔려 그 정도도 눈치채지 못했다니!'

그렇게 스스로를 꾸짖은 송암의 눈빛에서 비로소 진송하를 향한 투기가 사라졌다.

"못난 모습을 보여 죄송합니다."

"아니다. 너의 그런 열망을 나는 좋게 평가하고 있다. 다만 저 아이와 너는 걷는 길이 다르다는 걸 잊어서는 안 된다."

송암은 이번에는 묵포자의 말을 제대로 이해할 수 있었다.

"자기 자신의 힘을 최대한 끌어내는 삼절황검과 상대의 힘을 활용하는 태극검은 다르다는 것이군요."

"옳게 보았다. 태극검이든 삼절황검이든 결국 극의에 오르면 우열을 가릴 수 없는 최고의 무학들이다."

"명심하겠습니다."

묵포자는 어느새 안정을 되찾은 송암을 바라보며 속으로 생각했다.

'너와 저 아이의 차이는 그리 크지 않다. 하지만 이를 극복하기란 그리 쉽지 않겠지…….'

송암도 초식을 완벽히 이해하고 능수능란하게 쓸 수 있는 경지에 올라 있었다.

하지만 진송하는 초식에 담긴 이치를 이해하고 그것을 마음대로 부렸다.

이 차이는 삼절황검과 태극검의 차이와는 또 다른, 깨달음의 차이였다.

묵포자는 송암을 위해 일부러 이에 대해서는 말을 아꼈다.

하지만 송암이라고 그것을 모를까? 비록 묵포자의 앞에서는 일부러 감정을 억눌렀어도, 지금 그의 심장은 활화산처럼 크게 타오르며 요동치고 있었다.

'나는 반드시 강해진다. 반드시!'

냉철한 지성 속에 감춰진 강함에 대한 뜨거운 열망.

송암은 그런 아이였다.

묵포자의 말대로 다한 사태는 전력을 다하지 않고 있었다.

내공은 곧 세월의 차이.

오십이 넘은 그녀와 아직 약관도 되지 않은 진송하의 내력의 차이는 분명했다.

그렇기에 현재 그녀는 겨우 오 할의 내력만을 사용하고 있는 상태였다.

하지만 그것만으로도 그녀는 충분히 놀라고 있었다.

'내력 역시 대단하구나!'

다한 사태가 누구이던가?

아미파 최고의 고수다. 내력만 해도 삼 갑자가 넘어 이제 곧 검강을 뽑아낼 수 있을 거라 기대하고 있는 그녀가 오 할의 힘을 쏟아 내고 있다는 말은, 곧 지금의 대결에서 일 갑자 반 정도를 활용하고 있다는 말이다.

그런데 아무리 검기를 뽑아내고 있지 않다고 해도 벌써 백여 초를 겨루고 있는 지금까지 진송하가 버텨 내고 있는 것이다.

물론 이는 진송하가 천년삼왕과 빙정을 복용하였고, 그것을 온전히 자신의 것으로 만들었기에 가능한 일이었다. 태극심법으로 완전히 조화로워지지 않았다면 필시 진작에 지쳐 쓰러졌을 것이다.

하지만 그런 사정을 그녀가 알 리 없기에, 눈앞의 아이가 천고의 기재로 느껴질 수밖에 없었다.

'끄응…… 이미 아미의 기초적인 무공을 제 손에 넣었

군. 수미노수검법의 두 초식을 빼면 밖에도 많이 알려진 검법이니 그리 신경 쓸 필요는 없을 것이다. 하지만……'

다한 사태는 현재 열심히 검을 놀리면서도 갈등하고 있었다. 입문 무공이나 기초 무공은 그리 어렵지 않은 것이 당연하다. 그렇기에 평범한 기재라면 지금까지 검을 나눈 것만으로도 그 이치를 깨달을 수 있을 터. 수미노수검법을 제 것으로 만들었다는 점은 놀랍지만, 그것만으로는 아직 완전히 납득하기 힘들었다.

그녀의 가슴속에 욕심이 일기 시작했다.

과연 아미파에서도 익히기 힘들다는 비전 절기를 펼쳐 보면 어떨까? 과연 그것조차 자신의 힘으로 흡수할 수 있을까?

'어쩐다……'

혹여 시험을 했다가 진송하가 그것까지 제 손에 넣으면 그것은 정말 큰일이다. 수미노수검법이야 절기라 하나 워낙 유명한 검법이기에 겨우 두 초식의 이치를 깨달은 정도는 수습할 수 있다.

하지만 익히기 힘들어 아미에서도 익힌 자가 드문 절기를 단 한 초식이라도 진송하가 제 것으로 만들어 버린다면, 보통 문제가 아닌 것이다.

그녀가 정신을 딴 데다 두고 있다는 걸 눈치챘음인가? 갑자기 진송하의 검이 더욱 공세적으로 변했다.

하지만 그가 아미파의 기초 검법인 소양검(少陽劍)의 청룡탐조(靑龍探爪)와 비슷한 초식으로 어깨를 노리자, 다한 사태는 속으로 피식하고 웃음을 흘려야 했다.

검을 들었다면 상대방을 벨 각오를 해야 하는데, 어깨를 노리는 것처럼 보이나 실제로는 허공을 찌르려 하고 있다는 걸 간파한 것이다.

단순히 이번만 그런 것이 아니라 대결하는 내내 공세를 취할 기회가 오면 이랬다. 다혈질적인 그녀가 상대방에 맞춰 내공을 조절하여 이토록 오랫동안 대결을 질질 끄는 이유도 상대방의 무공을 흡수하는 능력을 확인한다는 것 외에, 바로 이런 진송하의 마음가짐에 심하게 손을 쓰고 싶은 마음이 일지 않는다는 것도 존재했다.

하지만 진송하의 이러한 모습 때문에 결국 생각을 굳혔다. 이런 심성이라면 결코 아미의 검을 배워도 나쁜 일에 쓰지 않을 거라 확신할 수 있었던 것이다.

'흥! 하지만 단 한 초식이다. 어찌 되었든 이것 하나로 이번 대결을 끝내자구나!'

쿠앙!

검이 어깨를 노리는데도 아랑곳 않고 오른발을 앞으로 내밀어 바닥을 힘차게 구르는 다한 사태였다.

동시에 그녀의 주변으로 기가 요동치는 것이 강력한 한

수를 준비하는 것이 틀림없었다.

하지만 진송하의 검은 그녀의 어깨에서 겨우 반 자 정도 앞에 있었다.

무엇을 하기에는 너무 늦은 시간이었다.

진송하는 자신의 검이 어깨를 뚫으려 하는데도 아랑곳 않는 그녀의 모습에 속마음을 들킨 것 같아 적잖이 당황해야 했다.

'갑자기 왜 이러시지? 설마 들켰나?'

몽계에서 검을 휘둘렀다고는 하나 기억에도 없으니, 결국 검을 휘두른 기억은 묵경자에게 태극검의 초식을 익히던 며칠이 전부였다.

더구나 그때도 단순히 초식만을 외웠을 뿐, 누군가를 검으로 겨눈다는 건 생각조차 못 한 일이었다.

그런데 가뜩이나 여린 진송하가 다한 사태를 검으로 베거나 찌를 수 있을까?

절대로 불가능한 일이었다.

애초에 무공을 익히려는 의도 자체가 순수했기에, 앞으로도 진송하는 남을 상처 입힐 생각이 전혀 없었던 것이다.

다한 사태가 이미 예전에 눈치채고 있었다는 사실을 모르는 진송하는 다한 사태가 갑자기 자신의 공격을 신경 쓰지 않자 결국 검을 거두어야 했다.

'으으…… 왠지 익숙한 광경이잖아?'

공격을 하려다가 뒤로 물러났다.

이 년 전 송방에게 굴욕을 당한 기억이 떠오른 것이다.

덕분에 진송하는 뒤로 물러나면서도 다한 사태의 공격을 막아 낼 만반의 준비를 하고 있었다.

"마지막이다!"

그때 다한 사태가 그리 말하면서 진송하를 향해 검을 찌르고 들어왔다.

예리하게 자신의 가슴 중앙을 노리고 들어오는 그녀의 검을 바라보는 진송하의 눈에 순간 의외라는 빛이 떠올랐다.

'이건 뭐지?'

분명 비장의 기술을 썼음이 틀림없었다.

한데 이상하게도 지금까지의 기초적인 기술에서도 드문 드문 패도적인 기운이 느껴졌었는데, 이번에는 그렇게 요란한 기수식을 취했으면서도 너무나 부드러울 뿐, 살기나 예기라고는 전혀 찾아볼 수 없었던 것이다.

그리고 그런 생각은 검에 어린 빛을 바라보는 순간 더욱 심해졌다.

'거, 검기!'

이번 대결에서 처음으로 검기를 일으킨 것이다.

어찌 되었든 막아야 했지만, 그것이 결코 쉬운 일이 아니었다. 이미 진송하의 내공은 완전히 조화로워지기 전에도 일 갑자를 거뜬히 넘어 이론상으로는 검기를 일으킬 수 있었다.

하지만 아직 한 번도 시도조차 해 본 적이 없었기에 검을 맞부딪칠 엄두가 나지 않았다.

검기란 내기를 검에 집중시켜 검신 밖으로 뻗어 내는 기술이었다. 그렇기에 보통의 검도 명검과 같이 예리해진다고 했다.

'설록이 다치기라도 하면……'

검이 손상된다는 표현이 아닌, 생명처럼 다친다고 표현하는 진송하였다.

하지만 그런 우려에 대해 설록이 짧지만 강하게 울어 댔다.

우웅—!

'큭! 그래, 그렇게 약하지 않다고? 그래, 그럼 너만 믿는다!'

검이 뻗어 오는 순식간에 생각을 정리한 진송하는 자신 있게 검을 내질렀다.

까앙!

두 검이 맞부딪치면서 맑은소리가 울려 퍼졌다.

설록의 단호한 외침대로 검은 손상되지 않았다. 특별히 좋은 검으로 보이기는커녕 워낙 오랜 세월을 거치며 낡아 빠진 철검이 다한 사태의 검기를 막아 낸 것이다.

검의 재질을 떠나 이성을 지닌 신검의 효용이었다.

하지만 그것이 전부였다. 다한 사태가 준비한 비장의 초식이 그렇게 간단히 막아질 리 없었다.

"어, 어어?"

진송하는 갑자기 세상이 아래로 꺼지는 느낌에 사로잡혀야 했다.

하지만 실제로는 세상이 꺼지는 게 아니라 진송하가 뒤로 넘어가고 있었다.

쿠웅―!

바닥에 엉덩이를 찧으며 쓰러진 진송하였다.

그런데 충격이 적지 않은지 그 정도에서 멈추지 않고 양팔을 축 늘어트렸고, 고개마저 바닥을 향해 떨궜다.

점점 의식이 멀어져 가는데, 그때 다한 사태의 음성이 들려왔다.

"마지막 초식의 이름은 함기휴휴(含氣休休)다."

진송하는 내내 가만히 있다가 마지막에 펼친 초식의 이름을 밝히는 다한 사태의 모습에 의문을 토해 내고 싶었다.

하지만 마치 그녀의 말이 반항할 수 없는 명령이라도 된 듯, 진송하는 그대로 의식을 잃고 앞으로 고꾸라졌다.

"소, 송하야!"

진 노인이 대경하며 진송하에게 달려오자 다한 사태는 한 발짝 뒤로 물러나 자리를 비켜 주며 생각했다.

'정말 네가 함기휴휴를 손에 넣는다면, 장문 사저가 날 죽이려 들 게다. 후후! 이거야 원 무서워서라도 당분간은 아미로 돌아가지 못하겠어.'

진송하가 내상을 입은 것이라 생각해 진 노인에 이어 모두가 달려가 진송하 주변을 에워쌌다.

그런데 거기에 합류하지 않고 동떨어져 있는 인물이 다 한 사태 외에도 한 명이 더 있었다.

'쥐 죽은 듯 잠자고 있던 무당이 이런 아이를 감추고 있었는가?'

바로 화산제일검 종신우였다. 사람들 틈으로 정신을 잃고 쓰러져 있는 진송하를 바라보는 그의 눈가가 번들거렸다.

이미 패도팔가가 무림맹의 무력을 넘어섰다지만, 아직 강호는 무림맹의 천하였다. 규모와 역사라는 면에서 팔가가 뛰어 넘기 힘든 세월의 벽이 존재했기 때문이다.

그런 무림맹에서도 최고의 문파를 꼽자면 단연 무당과 소림이었다. 그리고 그 뒤를 잇는 것이 화산이었다. 그러니 현은의 일을 통해 무당에 위기가 찾아왔을 때, 이를 가장 반긴 것이 화산인 건 당연지사였다.

그런데 이제 보니 위기를 거뜬히 넘길 잠룡을 키우고 있었던 것이다.

'저 아이가 세상에 나오면 안 된다!'

화산제일검 종신우.

그는 실력과 그간 강호에서 쌓아 올린 명성을 토대로 이미 차기 장문인으로 내정돼 있는 상태였다. 그래서 자신이 장문인이 된 후, 화산이 무당을 넘어 소림과 자웅을 겨룰 수 있을 거라 생각했다.

이미 현은이 오랫동안 무당을 찾지 않고 있다는 사실을 알면서도, 제자의 일로 다한 사태를 부추겨 무당을 찾은 것도 바로 무당의 위명을 더욱 땅에 떨어뜨리기 위해서였다.

그렇기에 그는 진송하의 존재를 결코 용납할 수 없었다.

'반드시 세상에 이름을 떨치기 전해 제거해야만 한다!'

속으로 그런 생각을 품은 것과 다르게 종신우의 번들거리는 눈은 어느새 걱정스러운 기색을 띠고 있었다.

진송하에게 별 탈이 없다는 걸 깨달은 묵유자는 일단 진노인을 진정시킨 후 진송하의 손목을 잡고 내력을 주입시켰다. 그의 능력 정도라면 정신을 깨우는 정도야 쉬울 터.

하지만 의외로 그것이 그리 쉽지 않았다.

'끄응……. 이 아이의 손상된 혈맥은 역시 여전하구나.'

과거 천년삼왕을 잘못 먹어 손상된 혈맥이 어마어마한 능력을 발휘하는 지금에 와서도 여전했던 것이다.

이는 결국 진송하가 묵유자의 내력을 받아들이기 힘들다

는 의미였다.

'대체 무슨 방법을 쓴 것인지, 송하의 내력이 전혀 움직일 생각을 보이지 않는군!'

아마 다한 사태가 마지막에 사용한 함기휴휴란 초식과 연관이 있을 터였다.

하지만 묵유자는 결코 그녀를 돌아보지 않았다.

이는 자존심 문제였다. 무당에서 벌어진 일에 아무리 가해자라 하나 타인의 손을 빌려 도와달라고 부탁할 수는 없었다.

'어쩐다…….'

그런데 그렇게 고민에 휩싸인 묵유자에게 오히려 다한 사태가 먼저 다가와 입을 열었다.

"장문인께서 직접 나서시면 제 마음이 편치 않습니다. 제가 저지른 일이니 제가 깨우지요."

진송하와 검을 겨루기 전까지 보이던 안하무인과는 완전히 달라진 태도였다.

이에 묵유자는 어울리지 않게 얼빠진 얼굴로 진송하에게 손을 떼며 다한 사태에게 자리를 내주었다.

더구나 저 정도 저자세로 부탁하는데, 거절하는 것은 오히려 도의에 어긋난 일이었다.

처음 다한 사태가 접근할 때만 해도 경계심을 늦추진 않던 진 노인도 그녀의 공손해진 태도에 그녀가 진송하의 손을 잡아드는 걸 말없이 지켜보기만 했다.

'음?'

손목을 잡아든 다한 사태는 이내 눈을 부릅뜨며 크게 놀랐다.

진송하의 혈맥이 정상이 아니라는 사실을 그제야 깨달은 것이다.

'세, 세상에! 이런 상태로 그 정도 수준에 올랐단 말인가? 대체 무당의 힘은 어디까지란 말인가!'

종신우와 이유는 달랐으나 다한 사태도 그제야 무당의 저력에 무서움을 느껴야 했다.

아미 역시 화산과 마찬가지로 무당에게 경쟁심을 가지고 있었다.

하지만 그녀는 장문인이 아니다. 이미 그녀의 사저가 젊은 나이에 장문인에 올랐기에, 그녀는 종신우와 같은 욕심이 없었던 것이다.

하물며 진송하의 순수한 모습을 통해 과거 제자를 가르치던 때를 떠올리기까지 않았는가?

그녀는 무당을 향해 무서움과 질투심이 일어나는 걸 막을 수는 없었으나, 애써 복잡한 생각을 떨쳐 버리고 진지하게 진송하를 깨우기 위해 집중하기 시작했다.

하지만 진송하의 혈맥이 손상된 정도가 지나치다는 사실에 재차 놀라야 했다.

'꼬여도 제대로 꼬였구나! 아마 어떤 특별한 심법이 아니고서는 이 정도의 내력은 쌓지 못했을 터. 대체 얼마나 뛰어난 재능을 지녔길래 이런 치명적인 문제점을 안고 있는 아이를 이렇게까지 키웠단 말인가?'

혈맥이 손상되었다는 건, 곧 내력을 쌓는 것이 불가능하다는 의미였다. 물론 무당쯤 되면 이에 대한 해결책 정도는 마련했을 것이다.

하지만 결코 쉽지 않은 그 일을 굳이 하면서까지 이 아이를 키울 정도로 무당에 인재가 없는 것도 아닐 것이다.

결국 다한 사태의 입장에서는 진송하의 재능이 그만큼 특출 난 것이라고 생각할 수밖에 없었다.

'이거 생각하면 할수록 욕심나는 녀석일세! 그나저나 이를 어쩐다?'

일단 놀라운 건 놀라운 것이고, 정말 심각한 문제는 그녀 역시 진송하를 깨울 자신이 없다는 점이었다.

그녀는 묵유자가 진송하의 손을 잡고 곤란한 기색을 보이는 것이 함기휴휴 때문이라고만 생각했었다.

아미파에서도 극소수만이 익히고 있는 비전의 신공인 마야신공(摩耶神功)을 이용한 함기휴휴(含氣休休)였다. 상대의 내력을 무기력하게 만들어 정신을 잃게 만드는 신적인 능력을 지니고 있었기에 묵유자의 능력으로도 이를 푸는 것이 불가능하다 생각했던 것이다.

그런데 이제 보니 이유가 그것만이 아니었다. 대체 무엇이 잘못되어 이렇게 되었는지는 모르겠지만, 제대로 꼬인 혈맥은 그녀로서도 해결 가능한 것이 아니었던 것이다.

'방도가 없구나⋯⋯.'

하지만 속으로 생각한 것과는 다르게 다한 사태는 곧 마야신공을 시전하여 최대한 진송하의 몸 안에 내력을 주입시키기 시작했다.

파아아―!

함기휴휴를 펼칠 때만 해도 검기에 가려 몰랐으나, 순수하게 기운만을 주입시키기 시작하자 다한 사태의 몸이 온화한 느낌을 물씬 풍기는 금빛으로 물들기 시작했다.

"오오!"

모두가 놀라 눈을 크게 뜨고 그 모습을 지켜봤다.

어느새 그들 곁으로 들어와 속마음을 숨긴 채 걱정 어린 기색을 띠고 있던 종신우마저도 말이다.

일각 정도의 시간이 흐르고 금빛이 점차 사그라들자 다한 사태가 눈을 뜨고 일어섰다.

진 노인이 조마조마한 심정이 그대로 담긴 얼굴로 그녀에게 물었다.

"어, 어떻게 되었는가?"

"제가 일으킨 내공으로 치료했으니, 시간이 지나면 멀쩡한 모습으로 깨어날 겁니다."

"오오!"

그런데 바로 전 묵유자가 진송하의 몸에 이상이 없다고 하지 않았던가?

이는 결국 다한 사태가 굳이 손을 쓰지 않았더라도 시간이 지나면 멀쩡한 모습으로 일어날 것이라는 의미를 내포하고 있었다.

하지만 아무도 그녀의 말에서 이상한 점을 깨닫지 못했다. 방금 보여 준 그녀의 모습이 워낙 그럴듯했기 때문이다.

'이거 참 완전히 가시방석이로군!'

거짓말을 하지는 않았으나 마음이 편치 않은 다한 사태였다.

어찌 되었든 마야신공을 시전함으로써 진송하가 깨어나는 시간이 단축될 거라 생각은 했지만, 그것도 확실한 것은 아니었다.

한마디로 방금 그녀가 한 행동은 어디까지나 지켜보고 있는 사람들에게 창피함을 당하지 않기 위한 조치였던 것이다.

이후 묵유자의 명에 따라 송암과 송방이 진송하를 업고 진선각으로 떠났고, 그 뒤를 진 노인과 묵경자가 따랐다.

묵포자는 암자로 돌아가겠다며 떠났고, 묵진자마저 우진

궁의 뒤처리를 위해 산을 내려갔다.

어느새 정문에는 다한 사태와 종신우, 그리고 묵유자와 현상만이 남게 되었다.

"장문인, 손님들을 조천궁으로 모시는 것이 어떻겠습니까?"

현상의 말에 묵유자는 고개를 끄덕이며 동의를 표한 후, 두 사람을 향해 입을 열었다.

"자, 밖에서 이럴 것이 아니라, 못다 한 이야기는 들어가서 나누지요."

다한 사태와 종신우는 중간에 벌어진 일로 처음과 같은 입장을 보이기가 뭐했기에 말없이 묵유자와 현상의 안내를 받아 조천궁으로 향했다.

八章

판건의 예를 앞두다

미지의 기운이 설록을 통해 진송하의 몸 안으로 들어왔다.

모든 것을 감싸 안을 것만 같은 이상한 기운이었다.

아마도 어머니의 품이라는 게 이런 게 아닌가 싶었다.

그래서 본능적으로 그 힘에 기대 잠에 빠져들었던 것 같다.

그 때문일까? 진송하는 그 어느 때보다 상쾌한 기분으로 잠에서 깨어날 수 있었다.

"……어?"

깨어나 눈을 뜨니 익숙한 천장이 보였다. 진선각 안에 마련된 자신의 방이었다.

상체를 일으키자마자 들려오는 코 고는 소리에 고개를 돌려 소리의 진원지를 바라보니, 송방이 바닥에서 잠을 자고 있었다.

"아, 맞다. 나 비무하다가……."

진송하는 다한 사태와 검을 맞댄 후, 곧바로 정신을 잃었다는 사실을 자각했다.

"대체 뭐였을까?"

직접 검에 베인 것도 아니고, 검끼리 맞부딪친 것만으로 정신을 잃었다는 사실을 이해할 수 없었다.

그래서 속으로 그 해답을 찾으려 생각을 하는데, 갑자기 귓가에 목소리가 들려왔다.

"심법의 특성 때문일 거다. 어떤 심법은 익힌 사람의 내공에 기이한 특성을 부여한다고 하니까."

"아, 그렇구나……. 엑? 소, 송암!"

이제 보니 송암도 방 안에 있었다.

진송하를 기준으로 우측 후면의 방구석에 앉아 있어서 그때까지 눈치채지 못했던 것이다.

"난 네가 부러웠다."

뜬금없는 말을 내뱉는 송암이었다.

하지만 진송하는 이에 아무런 토도 달 수 없었다. 그 말을 하는 송암의 표정이 너무도 진지했기 때문이다. 물론 평소에도 진지했다지만, 거기서 한 단계 더 발전한 표정이

랄까?

어쨌든 더없이 진지한 얼굴을 한 송암의 말이 이어졌다.

"너나 나나 고아인 건 마찬가지지만, 너는 그래도 이곳에서 아버지라 부르는 존재가, 할아버지라 부르는 존재가 있다. 더구나 그 아버지란 존재가 현 자 항렬 최고의 기재라는 현은 사숙이었으니, 상대적으로 실력이 모자란 사부님을 모시고 있던 나는 네가 부러웠다. 그리고 네가 송방을 단 한 수에 눕혔을 땐, 그 감정이 폭발할 지경이 되었었다."

"……."

"그래서 무리하게 요구하여 묵포 사숙조님께 검을 배웠다. 오로지 실력으로 너를 이길 생각을 하면서 말이다. 그리고 이 년 전, 나는 내 힘으로 이를 극복했다고 생각했다."

진송하는 그 말이 자신과 비무를 해서 처절한 패배를 안겼을 때를 가리킨다는 사실을 깨달았다.

'칫! 뭐야? 결국 날 막으려 한 게 아니라, 복수를 하기 위한 거였어?'

"물론 널 막기 위한 이유가 주였다."

"누, 누가 뭐랬어?"

귀신같이 자신의 속마음을 알아채는 송암의 말에 진송하는 당황한 채 그렇게 변명을 했다.

하지만 송암은 그런 진송하의 반응에 신경 쓰지 않고 계속 이야기를 이어 갔다.

"그런데 너는 또다시 내 앞에 나타나더구나."

그 말을 하는 순간, 송암의 몸에서 강렬한 투기가 일어나 진송하의 전신을 압박해 왔다.

"으윽!"

그때 송방도 투기를 느꼈는지 잠에서 깨며 자리에서 벌떡 일어났다.

"어, 뭐, 뭐야?"

"……하지만 결국 난 또 너를 극복해 낼 것이다."

그 말을 마지막으로 송암은 자리에서 일어나 밖으로 나갔다.

송방이 얼떨떨한 얼굴로 송암이 나간 방문과 진송하를 번갈아 보며 물었다.

"넌 언제 깼냐? 그리고 쟨 또 왜 저래?"

"……아무것도 아니야."

진송하는 꽤나 새로운 기분에 사로잡혔다. 자신만 송암을 향해 호승심을 불태웠다고 생각했었는데, 송암은 그보다 더 오래전부터 자신을 향해 호승심을 가지고 있었다는 사실을 알게 된 것이다.

'역시나……. 그때의 나처럼 강해지고 싶다는 열망 때문인가?'

어쩌면 이 년 전에도 송암의 그런 감정이 자신에게 옮겨진 걸지도 몰랐다. 자신이야 송암에게 패배하며 강해지고 싶다고 갈망했지만, 송암은 분명 다른 이유가 있으리라. 아니, 어쩌면 그것이 송암의 본능일지도 몰랐다.

'뭐, 나쁠 건 없지.'

자신도 겪어 보지 않았다면 송암의 자신을 향한 감정을 단지 불편하다고 느꼈을 것이다.

하지만 이제는 그것이 그다지 싫지 않았다.

'하긴 그렇다고 좋다는 것도 아니지만……'

◉

"결국 장문인께서도 어찌 된 사정인지 모르고 계신다는 겁니까?"

"예. 의협맹을 의심하고 있다지만, 아직 확실한 증거가 없다 보니, 계속 아이들의 행적을 찾고 있는 것 외에는 방도가 없었습니다."

묵유자를 통해 전후 사정을 모두 알게 된 다한 사태는 종신우를 째려봤다.

"커, 커험! 저도 사정을 모르기는 마찬가지였는지라……"

종신우는 그리 말끝을 흘리며 다한 사태의 눈길을 피했다.

이에 묵유자도 전후 사정이 어떻게 된 것인지 알 수 있었다.

'화산제일검이 다한 사태를 부추겨 이곳을 찾았다는 말이군. 다혈질로 유명한 그녀라면 자신은 뒷짐 지고 있어도 알아서 원하는 걸 손에 넣을 수 있으리라 생각한 것인가?'

묵유자도 화산이 무당에 품은 감정을 알고 있었다. 그렇기에 종신우의 의도도 대충이나마 짐작할 수 있었다.

하지만 설마 그가 진송하의 목숨을 노리고 있을 거라고까지는 생각지 못했다.

그렇기에 묵유자는 계속 종신우를 째려보고 있는 다한 사태를 말리기 위해, 그리고 이제는 자신이 원하는 정보를 얻기 위해 입을 열었다.

"자, 그런데 대체 제자분들의 일은 어떻게 된 것입니까?"

지금까지 두 사람이 단편적으로 한 말을 통해 현은이 제자들을 부추겨 의협맹에 가입시켰다는 정도로 해석할 수 있었지만, 좀 더 자세한 설명을 듣고 싶었던 것이다.

그 말에 다한 사태의 얼굴이 삽시간에 어두워졌다.

이를 통해 그녀가 무림맹 내에서 최고의 미녀로 꼽히던 제자인 미봉(美鳳) 연화(蓮花) 사태를 평소에 얼마나 아껴 왔는지 여실히 느낄 수 있었다.

다한 사태는 두 눈을 감고 잠시 마음을 가다듬은 다음,

입을 열었다.

"그러니까 불과 두 달 전에 일어난 일입니다……."

그녀의 이야기는 그리 길지 않았다.

요약하자면 의협맹에서도 간부급이라 짐작되는 자들은 혈루백면구가 아닌 혈루금면구를 쓰고 있다고 한다.

그런데 어느 날 아미파로 그 혈루금면구를 쓰고 있는 자가 나타났고, 그때까지 의협맹에 그리 특별한 감정을 가지고 있지 않던 아미파는 그자가 가면으로 얼굴을 가리고 있음에도 손님으로 예우를 다했다고 했다.

그런데 그가 아미에 머무른 지 삼 일째 되는 날, 갑자기 연화 사태와 함께 사라졌다는 것이다.

"……설마 그자가 현은이었다는 겁니까?"

이야기 속에서 혈루금면구를 쓴 자의 정체를 짐작할 만한 단서가 전혀 없었기에 묵유자가 그리 물었다.

그러자 다한 사태가 처음 무당에 왔을 때와 마찬가지로 서릿발 같은 기세를 풀풀 풍기며 말했다.

"그놈의 시중을 들던 아이가, 우리 연화가 그놈에게 오라버니라고 말하는 것을 들었다더군요."

"오라버니라……."

그러고 보니 묵유자도 들은 기억이 났다. 젊은 현은이 강호를 주유하던 시절, 사룡이봉의 나머지 다섯 기재들과 자주 어울려 다녔는데, 그들 중 연화 사태가 언제나 자신을 시주라 칭하는 게 못마땅하다며 며칠간 붙어 다니며 노력하여, 마침내 그녀에게서 유일하게 오라버니라는 호칭을 이끌어 내어 뭇 사내들의 질투를 받았다는 이야기 말이다.

결국 연화 사태가 오라버니라 칭하는 존재가 현은 하나뿐인 상황에서, 혈루금면구를 쓴 자를 오라버니라 칭했다 하니 그자의 정체가 현은이라고 생각할 충분한 근거가 된다고 볼 수 있었다.

"으음……."

반박할 수 없는 확실한 근거가 있다 보니 묵유자는 침음성을 흘렸다.

그리고 이번에는 종신우를 돌아봤다. 그의 제자이자 당시 사룡이봉 중 가장 강하다던 검룡(劍龍) 유정원(柳政願)의 사정도 듣기 위해서였다.

내내 다한 사태의 눈치를 보던 종신우는 품에 손을 집어넣으며 입을 열었다.

"우리 정원이의 경우 확실한 증거가 있소."

그리 말하며 그가 품에서 꺼내 든 건 한 장의 서찰이었다.

묵유자는 그가 내미는 서찰을 받아 들고 읽어 보았다.

친우의 힘든 사정을 돕기 위해 잠시 나갔다 오겠습니다.

"으음……."

간단한 내용이었다.

하지만 종신우가 겨우 이것만을 들어 확실한 증거라 말하진 않았을 터였다.

예상대로 종신우의 말이 뒤따랐다.

"이 서찰을 남기고 떠난 후 얼마 지나지 않아, 그 아이가 의협맹에 가입했단 소식이 들리더군요."

"……그렇군요."

현재 무림맹에서 의협맹에 가입했다는 인물이 몇 있었으나, 그중에서 유정원의 마음을 돌릴 만한 자는 묵유자가 생각해도 현은밖에 없었다.

더구나 다한 사태의 이야기와 맞물리면, 이는 빼도 박도 못 하는 증거가 될 수밖에 없었다.

그제야 모든 사정을 알게 된 묵유자는 두 사람이 무당을 찾은 것이 결코 근거 없는 행동이 아님을 인정할 수밖에 없었다.

'결국 정녕 그 아이가 이 모든 일을 저질렀단 말인가?'

평소 철이 없다 나무라긴 했으나, 누구보다 정이 많고 의협심이 투철한 제자라 생각했다.

그렇기에 진 노인이나 다른 사람들에게 현은이 자의로 의협맹에 가입했을 수 있다고 말을 하면서도, 속으로는 분명 어떤 사정이 있을 거라 여기고 있었다.

그렇지 않다면 자신에게 아무런 연통도 넣지 않고 그런 결정을 내렸을 리 없다고 생각했기 때문이다.

'그래, 아직 확실한 것은 아니다.'

두 사람이 내민 증거는 분명 현은이 혈루금면구를 쓰고 의협맹의 간부로서 강호에서 활동하고 있다는 주장이었다. 하지만 그것이 타인의 강압 때문이라면?

묵유자는 끝까지 현은을 믿었다. 그건 현은이 그의 제자였기 때문이다.

어쨌든 속으로 그가 어떻게 생각하든 제자가 사라진 두 사람의 앞에서 그런 말을 할 수는 없었다.

그래서 나름 괴로운 표정을 지으며 말했다.

"죄송합니다. 이 모든 것이 제가 제자를 잘못 키운 탓입니다. 하지만 사죄만 하면 무엇하겠습니까? 앞으로는 저희 무당 전체가 발 벗고 나서서 두 분의 제자들을 찾아내겠습니다."

그 말에 다한 사태는 만족스런 표정을 지었다.

애초에 현은만의 잘못이었다면 무당은 그를 파문을 하는 것으로 일을 일단락 지을 수도 있을 터였다.

하지만 그러지 않고 오히려 아이들을 찾는 데 최선을 다하겠다니, 다한 사태로서는 무당에 와서 가장 좋은 결과를 얻고 가는 셈이었다.

하지만 종신우의 경우는 달랐다.

'이거 애꿎게 무당이 강호로 나설 빌미를 제공해 버린 것은 아닌지 모르겠군…….'

종신우는 원래 한바탕 뒤엎고 나서, 끝까지 무당이 현은을 숨기려 든다면서 따지고 들 작정으로 찾아온 것이었다.

그런데 도움이 되리라 생각했던 다한 사태가 너무 나근나근한 태도로 일관하자, 오히려 내내 숨죽이고 있던 무당이 나서는 빌미를 제공하게 되어 버린 것 같아 불안했다.

하지만 곧 아까 다한 사태와 겨루던 아이가 머릿속에 떠올랐다.

'아니다. 오히려 그 아이가 무당을 벗어날 계기가 된다면, 그것만으로도 이번에 무당을 찾은 일에 대한 충분한 수확이 되었다고 볼 수 있다.'

물론 그러기 위해서는 이번 일로 진송하가 무당을 나서서 현은을 찾아야 했다.

그래서 종신우는 감정을 숨기기 위해 마음을 가다듬고는 묵유자를 향해 입을 열었다.

"그나저나 그 진송하라는 아이는 참으로 대단하더군요."

갑작스레 튀어나온 말에 묵유자는 잠깐 놀라는가 싶더니, 이내 입가에 미소를 띠며 말했다.

"예, 무당의 홍복과 같은 아이이지요."

묵유자는 자세한 사정을 말하지는 않았다. 두 사람에게 그런 말을 해서 좋을 것이 없다고 판단했던 것이다.

하지만 종신우가 노리는 건 그런 것이 아니었다.

"그래, 그리 유능한 아이이니 우리 제자들을 찾는 데 당연히 참여시키시겠지요?"

"……예, 뭐 그럴 생각입니다."

말려도 듣지 않을 것이다. 예전처럼 떼를 쓰지 않고 정문에서 어른들의 이야기를 잠자코 듣기만 하던 모습에, 묵유자는 오히려 이번에는 말리지 못할 것이라 생각했다.

더구나 아까 보여 준 무위.

묵유자는 진송하가 다한 사태와 겨뤘을 때를 떠올리자 절로 미소가 지어졌다.

이에 다한 사태도 종신우도 그를 따라 미소를 지었는데, 당연히 종신우가 짓는 미소는 다른 두 사람과는 그 의미가 달랐다.

☯

"송하가 깨어났습니다."

진선각에서 이야기를 나누는 묵경자와 진 노인에게 송암이 진송하가 깨어났다는 말을 전하자, 두 사람은 동시에 자리에서 벌떡 일어나 외쳤다.

"오오! 그래?"

"다행이구나. 몸은 괜찮더냐?"

"예. 괜찮아 보였……."

두 사람은 마음이 급한 듯 송암의 말이 끝나기도 전에 침실로 달려갔다.

"……."

송암은 그런 두 사람의 뒷모습을 바라보다가 이내 진선각을 빠져나왔다.

어느 정도 진선각에서 떨어진 것 같은데도 진 노인의 우렁찬 호통 소리와 진송하의 변명하는 소리가 송암의 귓가에 들려왔다.

"훗!"

송암은 자신도 모르게 웃음을 흘렸다.

홀로 있었기에 망정이지 다른 사람이 보았다면 크게 놀랐을 장면이었다.

지금까지 송암이 웃는 걸 본 사람이 아무도 없었기 때문이다.

무당산에 오른 후, 어쩌면 가족들을 잃은 후, 처음으로 짓는 웃음일지도 몰랐다.

그런데 그 웃음이 쓸쓸하게 느껴지는 것은 왜일까?

계속 걸음을 옮기던 송암의 신형이 어느 순간 멈춰 섰다.

자신도 모르는 새 목적지에 당도했기 때문이다.

그가 서 있는 곳은 다름 아닌 묵포자의 암자였다.

"……."

어느새 돌아온 예의 무뚝뚝한 표정으로 암자를 바라보던 그는 방 앞에 신발이 없다는 사실을 깨닫고는 옆으로 난 소로로 들어갔다.

얼마 걷지 않아 조그만 텃밭을 만파로 갈고 있는 묵포자가 볼 수 있었다.

묵포자는 밭일을 멈추고는 송암을 바라보며 입을 열었다.

"무슨 일이냐?"

송암은 새삼스러운 물음이라 생각했다.

자신이 이곳을 찾는 거야 뻔하지 않은가?

하지만 묵포자의 이어지는 물음에는 흠칫할 수밖에 없었다.

"무슨 일이 있었냐는 말이다."

"……."

송암은 뭐라 대답해야 할지 몰라 그저 침묵을 지켰다.

그러자 묵포자는 송암의 얼굴을 한동안 지켜보다 마침내 입을 열었다.

"담아 보거라."

"……예?"

"지금 네 감정을 검에 담아 보란 말이다."

그리 말하며 묵포자는 만파를 내려놓고는 허리춤의 검을 송암의 앞으로 던졌다.

푹!

흙 속에 꼽힌 반토막 난 검을 묵묵히 바라보던 송암은 허리를 굽혀 검을 뽑아 들었다.

'지금의 내 감정을 검에 담으라고?'

송암은 막상 검을 들었음에도 무엇을 어찌해야 할지 몰라 그저 서 있기만 했다.

애초에 감정을 절제하고 이성적인 사고를 하며 살아온 그에게, 묵포자는 완전히 상반되는 요구를 하고 있었기 때문이다.

그런 송암의 귀에 다시금 묵포자의 음성이 울려 퍼졌다.

"너의 대라천기는 원래 가장 원초적인 속성을 띠고 있다. 어느 쪽에도 치우지지 않았기에 그만큼 불안정한 기운인 것이지."

대라천기신공(大羅天氣神功).

내내 기본공인 삼재기공만을 연마하던 송암이 오 년 전부터 묵포자에게 가르침을 받으며 익혀 온 비전의 심법이었다.

당연히 송암도 심법의 특징을 잘 알고 있었기에 새삼스레 그런 말을 하는 묵포자의 심중을 짐작하기 힘들었다.

송암의 반응이 예상외였던지 묵포자가 드물게 표정을 드러내며 재차 말했다.

"녀석, 아무리 머리가 좋아도 심성에 어울리지 않는 생각은 할 줄 모르는구나. 나는 네가 누구보다 자신의 마음을 잘 다스릴 줄 알기에 대라천기신공을 가르친 것이다. 대라천기의 특성상, 감정을 제대로 조절하지 못하면 쉽게 주화입마에 들 수 있기 때문이지. 하지만 이제 오 년 동안 꾸준히 연마하여 어느 정도 익숙해졌으니, 그만 감정을 풀어내란 말이다. 대라천기의 진정한 묘용은 감정을 담아내는 데 있으니."

송암은 자신이 지금껏 익힌 심법에 그런 묘용이 있는지 전혀 모르고 있었다.

운기를 할 때마다 무심함을 유지하라길래 언제나 감정을 담지 않으려 애써 왔는데, 이제 보니 오히려 감정을 담아내야 진정한 묘용을 발하는 심법이었던 것이다.

'감정을 담아낸다……'

송암은 스스로 현재의 감정이 어떤지 생각해 보았다.

그런데 이를 눈치챈 묵포자가 엄한 얼굴로 송암에게 호통을 쳤다.

"감정을 담아내라 했는데, 또 머리를 굴리려 드느냐? 생각하지 말고 그냥 지금 감정 그대로를 뽑어내란 말이다!"

"……알겠습니다."

내력을 담고 있었던 건지 묵포자의 호통에 송암의 머릿속이 한순간 텅 비어 버렸다.

그리고 이 순간이 가장 적절한 시기임을 느낀 송암은 그대로 검을 쥐고는 묵포자를 향해 휘둘렀다.

쉬익!

평소라면 사숙조를 향해 반쪽짜리라 하나 진검을 휘두를 생각을 할 리 없었다. 어디까지나 묵포자의 호통으로 아무런 생각도 하지 못했기에 저지른 행동이었다.

그런데 묵포자는 그런 송암의 행동이 마음에 드는지 입꼬리를 살짝 들어 올리며 다가오는 검을 향해 오른손을 내뻗었다.

휘익!

동일한 종류의 진기끼리 맞부딪치자 보통보다 대기가 강하게 울어 댔다.

쾅앙!

"아!"

송암은 그 울림이 너무도 듣기 좋다고 생각했다. 왠지 모르게 가슴을 짓누르던 감정이 그 울림과 함께 조금 사그라드는 것 같았기 때문이다.

그래서 참지 못하고 재차 검을 휘둘렀다.

그리고 그런 송암의 행동에 호응하듯 묵포자의 신형도 따라 움직였다.

쾅앙! 쾅앙! 쾅앙!

묵포자가 일구는 텃밭에서 울려 퍼지는 이 울림은 송암의 마음속에서 폭발하는 소리이기도 했다.

'녀석……. 어리광 부리는 방법도 참으로 너답구나.'

묵포자는 송암이 자신에게 어리광을 부린다고 생각했다.

모든 감정을 자신에게 쏟아붓고, 그것을 자신은 그대로 받아 준다.

검과 주먹을 사용한다는 점에서 누구보다 송암다웠고, 묵포자다웠다.

일각쯤 되었을까?

어느새 두 사람은 움직임을 멈췄다.

짧은 시간이었지만, 그 정도만으로도 송암은 가슴속이 시원해질 수 있었다.

"……죄송합니다."

텃밭을 바라보며 하는 말이었다.

거의 다 골라진 텃밭이 그들이 어울림으로써 흉하게 파헤쳐져 있었던 것이다.

하지만 묵포자는 개의치 않는다는 듯 텃밭에는 눈길 한 번 주지 않은 채 송암을 직시하며 말했다.

"되었다. 그보다 방금의 느낌을 잊지 말거라. 언제나 그처럼 솔직하게 자신의 감정을 검에 담아낼 수 있다면, 너는 한층 더 성장할 수 있을 것이다."

사실 묵포자가 보기에 송암은 이미 하나의 벽을 통과했다. 그럼에도 섣불리 그런 말을 내뱉지 않는 건, 역시나 자신이 사부는 아니더라도 사부와 같은 마음을 송암에게 가지고 있기 때문일 것이다.

"명심하겠습니다."

그리 대답한 송암은 묵포자에게 검을 돌려주고는 만파를 들어 밭을 갈기 시작했다.

☯

"그럼, 이제 진짜 몽계에 다시는 못 가는 거냐?"

진선각 구석에 위치한 방에서 진송하와 이야기를 나누던 송방은 어느새 주제가 사라진 도덕경과 검으로 넘어가자 가장 먼저 그 점을 꼬집었다.

이에 송방의 마음을 짐작한 진송하는 미안한 기색으로 말했다.

"응. 미안해. 몽로주를 주기로 약속해 놓고 지키지 못하게 돼서……."

"됐다. 없는 걸 어쩌겠냐?"

"으응? 그, 그렇지……."

실로 의외의 반응이 아닐 수 없었다. 그렇게 끈질기게 구해 오라고 구박할 때는 언제고, 이제는 또 저리 쉽게 포기한단 말인가?

옆에서 두 사람의 대화를 잠자코 듣고 있던 진 노인도 그런 마음은 마찬가지였던지 미심쩍은 얼굴로 송방에게 말했다.

"솔직히 토해 놓거라. 뭐냐? 갑자기 뭣 때문에 그리 생각이 바뀐 거야? 네놈이 그리 쉽게 포기할 리가 없을 텐데."

평소의 그라면 순식간에 억울한 표정을 지으며 '절 어떻게 그런 놈으로 보실 수 있어요?'라고 말했겠지만, 정말 이번에는 무언가가 있는 듯 송방이 회심의 미소를 지으며 말했다.

"흐흐. 그야 몽로주보다 더 귀중한 영약이 제 손에 들어올 테니까 그렇죠."

"몽로주보다 귀한 영약이라?"

"바로 소청단! 말입니다. 흐흐흐흐."

소청단이라니?

그것이 그리 쉽게 구해지는 것이었다면, 현은이 그것을 훔쳤다고 일 년 동안 면벽 수련을 했을 리 없었다.

현은의 생각을 하는 건지 진송하가 몽롱한 시선을 한 채 아무런 반응을 보이지 않았다.

잠시 그런 진송하를 안쓰럽게 바라보던 진 노인이 송방을 돌아보며 재차 물었다.

"그래, 그 소청단을 어떻게 구한다는 말이냐?"

쉽게 구할 수만 있다면 자신도 구해서 진송하에게 먹이겠다는 의지가 가득 담긴 물음이었다.

이를 눈치채지 못한 송방은 으스대는 듯한 말투로 입을

열었다.

"에헴! 바로 관건의 예 때문이죠. 제 정보통에 의하면, 이번 관건의 예를 마친 뒤 바로 저희 송 자 항렬의 아이들을 대상으로 비무 대회를 연다고 했거든요. 뭐 지금까지 수련한 것을 마음껏 펼쳐 보라는 의미겠지만, 중요한 건 거기서 뛰어난 실력을 보인 아이들에게 소청단을 내린다는 거죠!"

"……그거랑 네가 무슨 상관이냐?"

"이익!"

송방은 진 노인의 반응이 오전에 산을 올랐을 때 진송하와 송암이 보인 반응과 그리 다르지 않자 잠깐 울컥했다.

하지만 이내 실실 웃으며 말했다.

"헤헤, 두고 보십쇼! 제가 반드시 소청단을 먹을 테니!"

마냥 이유 없는 자신감으로 치부하기에는 너무 당당한 태도였다.

이에 진 노인과 어느새 정신이 든 진송하도 묘한 표정을 지어야 했다.

"……."

"……."

두 사람의 그런 기색을 읽었음인가?

"ㅎㅎㅎ."

송방이 더욱 해맑게 웃어 댔다.

물론 보는 사람 입장에선 오히려 음흉해 보였지만 말이다.

"뭐? 관건의 예 때에 비무를 예정대로 치르자고?"

다한 사태와 종신우의 일을 어느 정도 마무리 지은 묵유자는 난데없이 묵포자가 방문하여 하는 말에 의문을 토할수밖에 없었다.

송암이 대사형으로 내정된 상황이었기에, 송 자 항렬 아이들의 위계질서를 위해서라도 비무를 연다면 당연히 그가 우승을 해야 했다.

그런데 하필 관건의 예를 사흘 앞둔 오늘, 진송하가 다한 사태와의 일전으로 엄청난 능력을 선보인 것이다.

이에 묵유자는 속으로 송암이 질지도 모르겠다는 생각에 그 행사를 취소할 작정이었다.

그런데 이를 눈치챈 묵포자가 난데없이 찾아와 비무 행사를 예정대로 치르자고 요청한 것이다.

묵유자의 의문에 묵포자가 여느 때처럼 무뚝뚝한 얼굴로 답했다.

"저는 아이들의 사기를 위해서라도 예정대로 진행되었으면 합니다."

"……."

확실히 비무를 갖게 되면 아이들의 현재 실력이 여실히

드러나 서로 간에 경쟁심을 불러일으키는 효과가 있었다.

이 때문에 이전과 다르게 상품으로 소청단까지 걸어 놓도록 한 이가 바로 묵유자 자신이 아니던가?

'하지만 묵포가 이리 주장하는 건 그 때문만은 아닐 터.'

과거의 과오로 인해 문파의 모든 일에 대해 전혀 관심 없다는 태도로 일관하며 나서지 않던 사제가 직접 장문인의 집무실로 찾아와 이런 말을 하고 있었다.

묵유자로서는 단순히 그가 밝힌 이유만으로 이런 행동을 보일 리는 없다고 생각했다.

'그렇다면 송암 역시 지지 않을 정도로 성장했다는 건가?'

묵유자로서는 꽤 오랫동안 송암의 실력을 보지 못했지만, 그 아이의 재능과 노력을 토대로 꽤나 후하게 평한다 해도, 다한 사태와 겨뤘을 때의 진송하에게는 안 된다고 생각했다.

한데 직접 송암을 가르친 묵포자가 이렇게 나왔다.

이는 결국 그런 모습을 보여 준 진송하에게 반드시 이길 것이라는 확신까지는 아니더라도, 최소한 대등하게 겨룰 정도의 실력을 갖추고 있다고 자신하는 것으로 해석되었다.

"으음……. 그렇다면 좋겠지. 사실 행사가 취소되더라도 상품으로 걸 소청단은 송암에게 줄 작정이었다. 그런데도 괜찮은 것이냐?"

"무당의 미래를 이끌 동량이 그깟 영약에 의존해선 안 되겠지요. 당당하게 받을 수 있다면 당연히 좋겠지만, 만약 소청단을 얻지 못한다고 해도 그 아이는 후회하지 않을 겁니다."

여전히 무뚝뚝한 얼굴에 무뚝뚝한 음성이지만, 묵유자는 묵포자의 말과 표정을 통해 송암에 대해 상당한 믿음을 지니고 있다는 사실을 알 수 있었다.

"그래, 그렇다면 너의 말대로 예정대로 비무 행사를 진행시키마."

"감사합니다."

묵포자가 떠나고 집무실에 홀로 남은 묵유자는 수염을 쓰다듬으며 입가에 미소를 띠었다.

'후후. 송하와 송암의 비무라…… 이거 꽤 재미있겠구나!'

안타깝게도 송방의 장담과는 다르게 묵유자의 머릿속에 송방의 존재는 전혀 들어 있지 않았다.

☯

어떤 경로를 통했는지는 몰라도 미리 알고 있었던 송방

과 달리, 대부분의 사람들은 그날 저녁이 되어서야 장문인인 묵유자에 의해 관건의 예 때 비무 행사가 열리고, 그때 우승한 아이에게 소청단을 수여한다는 소식이 알려졌다.

참여 자격은 이미 송 자 항렬을 받고 사부를 모시고 있는 아이들 뿐만 아니라, 관건의 예를 치르게 될 문하생들 전원이 포함됐다.

이는 곧, 앞으로 무당의 미래가 될 아이들 전원의 실력을 서열화하겠다는 의미나 마찬가지였다.

대상이 되는 아이들이 그날 밤잠을 제대로 이루지 못한 것은 두말할 나위 없었다.

그런데 거기에 멈추지 않고 다음날까지도 아이들의 밤잠을 설치게 만드는 소식이 전해졌다.

화산제일검 종신우와 아마파의 최고수 다한 사태가 참관인 자격으로 참석한다는 것이다.

거의 오 년에 가까운 시간 동안 무림맹과 본의 아니게 척을 진 무당이었기에 강호 명사들의 방문을 거의 받지 못하고 있었다.

그런데 이번 관건의 예 때에는 구파일방 중 두 개 문파의 최고수들이 참관한다는 것이다.

'이번 비무 행사에서 활약하면, 무당 내에서뿐만 아니라 강호의 명사들에게 인정받을 수 있다.'

송암이나 송방, 진송하와 같은 인재들이 있기에 우승을 바라보지 않던 다른 제자들은 그런 생각을 하며 승리에 욕심을 냈고, 심지어는 문하생들조차 의욕을 불태우기 시작했다.

"아, 짜증나! 판이 이렇게 커지면 안 되는데!"

관건의 예를 하루 앞둔 날 아침이었다.

다들 훈련에 매진하고 있는 이때, 송방이 진선각을 찾아와 그렇게 진송하에게 투정을 부렸다.

그 말에 방 안에서 다한 사태와 겨루던 때를 복기하던 진송하는 의심이 가득한 눈초리로 송방을 바라보며 말했다.

"……송방, 너 설마 뭔가 일을 꾸미고 있는 거야? 그러면 안 돼. 정정당당하게 겨뤄서 이길 생각을 해야지."

"헤헹! 웃기는 소리 마! 비무란 결국 실력을 겨룬다는 거잖아? 그런데 그 실력이 무공에만 해당된다고 누가 정하기라도 했냐?"

……결국 실력으로 이길 자신이 있다는 게 아니라 무슨 꿍꿍이가 있다는 의미였다.

그나마 대놓고 그리 말하는 것이 창피한 듯 표정에 찔려하는 기색이 엿보이긴 했다.

하지만 결국 순수한 실력만으로 도전하지 않겠다는 생각

은 변함이 없어 보였다.

진송하의 입장에서야 지금까지 먹은 영약들을 제힘으로 만든 것도 얼마 되지 않은 상황이었기에, 소청단에 대한 욕심은 없었다.

하지만 실력을 겨루는 자리에서 꼼수로 이길 속셈을 보이는 송방의 행동이 못마땅하기도 했고, 혹여 걸렸다가 경을 치진 않을지 걱정스럽기도 했다.

"다시 생각해 봐. 그러다 걸리면 어쩌려고 그래?"

"누가 꼼수로 무조건 이기려 한다고 했냐? 그냥 내 우승 가능성을 조금, 아쭈우우 쪼오오금! 높이는 수준이라고. 그 정도면 만에 하나 걸려도, 크게 혼나지는 않을걸? 흐흐흐."

걸리는 걸 걱정조차 하지 않으니, 진송하는 막을 생각을 접어야 했다.

하지만 그렇게 되자 갑자기 우승을 자신하게 만든 그 속셈이 무엇인지 궁금해졌다.

"그런데 대체 그 방법이란 게 뭐야?"

"으흐. 비밀이지롱! 흐흐흐."

"치이!"

아무래도 비무하는 순간이 오기 전까지는 알 수 없을 것 같았다.

한동안 음흉하게 웃던 송방이 갑자기 화제를 돌렸다.

"야, 그나저나 그저께 그 일이 터지는 바람에 우리 새 옷도 못 맞췄잖냐. 아쉽다, 그치?"

그 일이란 다한 사태와 종신우의 방문으로 묵진자를 따라가 새 도복을 맞추지 못한 것을 말함이다.

어제 묵진자와 현수가 다시금 산을 내려가 관건의 예 때 필요한 물품을 준비했지만, 송암이 수련에 매진하는 것인지 같이 내려가지 않아서 송방과 진송하도 따라갈 수 없었고, 결국 새 도복을 마련하지 못하게 된 것이다.

하지만 애초부터 송방에게 휘둘려 따라나섰던 것이기에 진송하는 별로 아쉽지 않았다.

"뭐, 나는 괜찮아. 지금 입은 옷도 말짱한걸."

"에이, 너야 상관없겠지만 이 몸은 그래도 비무 때 우승할 몸이잖냐. 새 도복이 있으면 좋을 텐데……. 쩝."

'……얘가 완전 우승을 장담하네?'

솔직히 진송하는 송방에게 질 거란 생각을 전혀 하지 않았다. 다한 사태의 일 이전에도 송방에게는 진 적도, 질 거란 생각을 한 적도 없었다.

그리고 그 일전에서 검으로 화한 설록을 취하면서 나름 많은 걸 깨우친 지금은 두말할 나위도 없었다.

'진짜 무슨 수를 쓸 생각이기에 이렇게 자신만만한 거야?'

더더욱 궁금해졌지만, 송방이 말할 생각이 없어 보이니,

결국 진송하는 궁금함을 억눌러야 했다.

◑

묵포자가 기거하는 암자의 앞마당.

지금 그곳에선 송암이 어디서 구해 왔는지 진검을 들고 묵포자와 진지하게 대련하고 있었다.

대련이라고 하지만 가르치는 자와 가르침을 받는 자와의 대련이었다.

보통은 가르치는 입장에서 중간에 여러 가지 조언을 해 주는 법인데, 현재 겨루고 있는 두 사람은 마치 입에 아교를 칠한 것마냥 말없이 검을 휘두를 뿐이었다.

쉬익! 쉬익!

과거 묵포자가 스스로의 입으로 반토막 난 검이라도 손에 익은 자신의 검이 온전한 검보다 낫다고 했었다.

그리고 현재 송암을 상대하는 모습에서 그 말을 여실히 증명하고 있었다. 송암에 맞춰 주고 있는 건지 검강은커녕 검기조차 일으키지 않은 상태에서도 능숙하게 검을 다루고 있었던 것이다.

검강을 완벽하게 다루는 화경의 고수와 아직 검기조차 일으키지 못하는 어린 소년. 실력 차가 월등한 것이야 두말할 나위 없었다.

그런데 송암의 도복에 베인 자국이 여럿 보였다. 도복에 피까지 배어 나오는 것이, 언뜻 봐서는 묵포자가 봐주면서 하는 것 같지 않았다.

　이는 묵포자의 소맷자락도 짧게나마 베여 있다는 점만 보더라도 명백했다.

　'녀석! 병장기의 이점을 잔인하리만치 잘 살리며 덤비는구나!'

　그렇다. 아무리 그 같은 고수라 해도 내공을 거의 일으키지 않고 송암에게 맞춰 주며 겨루다 보니, 반토막 난 검이 검으로써의 제 역할을 못 해 주고 있었던 것이다.

　더구나 송암은 묵포자가 낭패를 당하기 싫어 한 번씩 본 실력을 발휘할 때에도 전혀 겁먹지 않고 사력을 다해 공격을 가해 왔다.

　송암이 입은 상처들은 바로 그럴 때마다 입은 것들이었는데, 문제는 그 덕에 꼴사납게도 묵포자 역시 단 한 번이나마 소매가 베이는 수모를 당했다는 점이었다.

　'아무래도 검을 놓은 지 너무 오래된 모양이군······.'

　묵포자 정도의 수준에 오르면, 검을 오랫동안 놓았다고 해도 그것이 그리 큰 문제될 건 없었다.

　단, 그것은 비슷한 수준의 무인들과 전력을 다해 겨룰 때나 해당되는 경우였고, 지금처럼 내공을 거의 사용하지 않는 제한된 상황에서는 이야기가 달랐다.

초식의 숙련도를 가볍게 뒤엎어 버리는 깨달음과 내공이 전혀 통용되지 않다 보니, 지금과 같이 송암이 양패구상도 겁먹지 않고 사력을 다해 덤빌 때면 반쪽 난 검으로 대응하기가 힘들었던 것이다.

'허, 이거 정말 부끄럽구나!'

자신의 검이 익숙하다고 반쪽이 났음에도 새로 검을 만들지 않고 계속 써 왔었다. 한데, 오랫동안 수련하는 걸 소홀히하다 보니, 반쪽 난 검이 제 검이 아닌 듯 제대로 다뤄지지 않고 있었다.

그 사실에 묵포자는 부끄러움을 느낄 수밖에 없었다.

그는 여태껏 송암이 지닌 내공의 삼분지 일 정도만 일으켜 사용하고 있었다. 그 정도 차이는 줘야 비등한 비무가 이뤄질 거라 여겼기 때문이다.

보는 눈까지 녹슨 것은 아니었기에, 그가 송암의 힘을 잘못 가늠한 것은 아닐 터였다.

문제는 송암이 대련에 임하는 각오를 제대로 파악하지 못했다는 점과 자신의 힘이 녹슬었다는 사실을 눈치채지 못했다는 점이었다.

'안 되겠군. 조금 실력을 더 드러내는 수밖에.'

가르치는 입장에서의 체면도 있었고, 이 이상 했다가는 내일 관건의 예 때에 비무를 치를 송암의 몸이 상할 위험이 있었다.

결국 묵포자는 내공을 조금 더 일으키기 시작했다.

한 번씩 위기가 찾아올 때마다 송암의 삼분지 이 정도의 내공을 순간 일으켜 대응했으나, 그걸로도 모자라 결국 송암을 상처 입힌 끝에야 간신히 막아 낼 수 있었다.

그래서 이번에는 아예 송암과 비슷한 수준의 내공을 일으키기로 마음먹은 것이다.

세월과 수준, 그리고 깨달음의 차이.

이는 단순히 내공이 동일하다고 뛰어넘을 수 있는 것이 아니었다.

그래서 결국 진송하도 다한 사태의 검에 정신을 잃지 않았던가?

캉! 캉!

지금까지 적은 내공과 반토막 난 검 때문에 송암의 공세를 피하거나 흘리던 묵포자가 같은 검법을 쓰면서 맞대응하기 시작했다.

"크윽!"

스친 정도라 하나 도복에 피가 배일 정도의 상처를 입었을 때조차 입을 열지 않았던 송암이었다.

하나 이번에는 대련을 시작한 이래 처음으로 비명을 토해 냈다.

내공의 양이 같다고 해도, 같은 검법을 사용하고 있다고 해도, 결국 시간이 만든 숙련도와 깨달음의 차이 때문에 힘에서 밀린 것이다.

'미안하지만 아직 져 줄 생각은 없다!'

카앙!

털썩!

결국 묵포자가 송암만큼의 내공을 사용한 후 단 세 번 검을 부딪쳤을 뿐인데, 송암이 정신을 잃고 흙바닥에 쓰러지고야 말았다.

"겨우 이틀 전에 가르쳐 주었건만, 어느새 이 정도까지……."

묵유자는 대견한 듯 송암을 바라보다가 이내 씁쓸한 표정으로 자신의 검을 내려다보았다.

쩌적.

반쪽이 된 후로도 오 년 동안 써 오던 검이 마지막으로 송암의 검과 맞부딪칠 때 다시 금이 간 것이다.

"결국 검기까지 사용할 수 있게 되었구나. 이만하면 내일 비무에서 그 아이와 승부해 볼 수 있을 게다."

검기(劍氣)!

이류와 일류를 가르는 척도가 되는 검의 경지를 송암이 마침내 이루어 냈다는 말이다.

미약하나마 마지막 검을 부딪치는 순간, 송암의 검에 서린 검기를 느낀 것이다.

이는 곧 감정을 분출하면 할수록 강한 위력을 보이는 대라천기신공의 묘용을 부릴 수 있게 되었다는 의미였다.

묵포자가 묵유자에게 비무 행사를 열게 해 달라 부탁한 후로 실전에 버금가는 강도 높은 훈련을 시켰다 하나, 불과 이틀 만에 이룬 괄목할 만한 성과였다.

〈제4권에서 계속〉

태극혜검

1판 1쇄 찍음 2011년 1월 26일
1판 1쇄 펴냄 2011년 1월 28일

지은이 | 신 향
펴낸이 | 정 필
펴낸곳 | 도서출판 **뿔미디어**

기획 | 이주현, 한성재
편집책임 | 장상수
편집 | 이재권, 심재영, 주종숙, 조주영, 이진선
관리, 영업 | 김기환, 김미영

본문, 표지 인쇄 | 광문인쇄소
제본 | 성보제책사

출판등록 | 2002년 9월 11일 (제1081-1-132호)
주소 | 부천시 원미구 상3동 533-3 아트프라자 503호 (우)420-861
전화 | 032)651-6513 / 팩스 032)651-6094
E-mail | BBULMEDIA@paran.com
홈페이지 | www.bbulmedia.com

값 8,000원

ISBN 978-89-6359-867-3 04810
ISBN 978-89-6359-691-4 04810 (세트)

.ᴎ WIFI 3G   **9:00 PM**

보건복지부위탁 실종아동전문기관의
『Missing child』 iPhone용 무료 어플리케이션
홍보 캠페인에 <u>도서출판 뿔 미디어</u>가 함께합니다!

《주요 기능》

● 실종된 아동의 사진 및 실시간 발생되는
  실종 아동 사진 검색 및 제보 기능
● 미취학 아동을 위한
  실종 예방 인형극 영상 및
  노래, 애니메이션
● 취학 아동을 위한 유괴 예방 영상

실종아동전문기관 홈페이지 **(www.missingchild.or.kr)**
또는 애플의 앱스토어에서 무료로 다운로드 받을 수 있습니다.
실종 · 유괴 없는 행복한 세상을 위해 여러분의 소중한 관심과
많은 참여를 바랍니다.

뿔
MEDIA